光文社知恵の森文庫

吉田戦車

ごめん買っちゃった

マンガ家の物欲

光文社

本書は『ごめん買っちゃった　マンガ家の物欲』（2018年光文社）を加筆・修正し文庫化したものです。

目次

01 ウルトラマンオーブの食玩 …… 8
02 キャットフード …… 12
03 自分の本 …… 16
04 伊勢玩具・コマ …… 20
05 背の高い本棚 …… 24
06 プラスチックチェーン …… 28
07 納豆（タレ・からしなし） …… 32
08 テント …… 36
09 ふかそうち（孵化装置） …… 40
10 少年サンデー …… 44
おまけマンガ 買いものちゃん① …… 48
11 血圧計 …… 50
12 軽トラック …… 54

⑬ 音楽 …… 58
⑭ チャドクガ毒針毛固着剤 …… 62
⑮ 冷麺器 …… 66
⑯ てみ …… 70
⑰ 打出料理鍋 …… 74
⑱ ラーメン5袋パック …… 78
⑲ チップ制トイレ …… 82
⑳ ロマンスカー特急券 …… 86
㉑ 「絹の道」の昆布 …… 90
㉒ 辛くないカレー粉 …… 94
㉓ 歯 …… 98
㉔ クロスバイク …… 102
㉕ メッセンジャーバッグ …… 106
㉖ 長財布 …… 110

27 ダッフルバッグ……114
28 カール……118
おまけマンガ 買いものちゃん②……122
29 豆腐屋さんの豆腐……124
30 ジムサック……128
31 ミレニアム・ファルコン……132
32 ハンドスピナー……136
33 自転車用ヘルメット……140
34 手袋……144
35 スキー……148
36 ザ・鉄玉子……152
37 正座イス……156
38 ダンベル……160
39 タオルマフラー……164

40 ミックスナッツ …… 168
41 天ぷら鍋 …… 172
42 グリルパン …… 176
43 減塩用醤油さし …… 180
44 阿蘇タカナード …… 184
おまけマンガ 買いものちゃん③ …… 188
45 タブレットスタンド …… 190
46 五倍酢 …… 194
47 干しシシトウ …… 198
48 フライパン …… 202
49 ターナー …… 206
50 一合徳利 …… 210
51 プラレール …… 214
52 ストップウォッチ …… 218

53 ベルト……222
54 七輪……226
55 タマリンド……230
56 トップチューブバッグ……234
57 グローブ……238
58 カメラ……242
59 チョコレート……246
60 ウォーキング用ボトル……250
61 猫つぐら……254
62 猫じゃらし……258
あとがき……262
解説 吉田戦車の了見 サンキュータツオ……268

※商品名・価格は取材時のものです。
各項目末の「○○マンガ家」は、
雑誌連載時についていた肩書です（61、62は除く）。

01 ウルトラマンオーブの食玩《しょくがん》

子供の頃
ソフビはまったく
買ってもらえ
なかった
友人宅で
いとおしんでいた

自分が初めて買いものをしたのが何歳の時だったのか、まったく覚えていないが、いわゆる「小銭を握りしめて」駄菓子を買ったのが最初だと思う。

5円や10円の、ガムのようなものやジュースのようなものを買った。今よりもっとケミカルだった甘さがぼんやりとなつかしい。

それからおおよそ50年、いろいろなものを買ってきた。今も買い続けている。

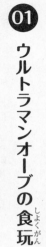

よく飽きないな、と思う。

その年、その年の買ったものの記録があったら、今読んでどんなに楽しいだろうか。たとえば1972年には確実にカルビーの「仮面ライダースナック」を買っているが（全国的に大流行したのです）、それ以外の細かい買いものは完全に忘れてしまっている。

そんなわけで、21世紀の今、中高年となった男の買いものの記録を書きとめていきたい。

さすがに子供のころとは違う「五十にして天命を知る」といわれる年代にふさわしい買いものをしているのではないか？

…と思ったがぜんぜんそういうことはなく、先日はスーパーで『ウルトラマンオーブ』の食玩を買った。ゾフィーと「ウルトラマンオーブ・サンダーブレスター」のソフビが同梱されたもので、そのサンダーブレスターが好きなので買ったのである。税込み378円。三つ子の魂百まで。

サンダーブレスターは、悪のウルトラマン「ベリアル」の能力を持っていて、ちょいワルな見た目と荒々しいアクションがカッコいいのだった。

買ったフィギュアをどうするかというと、飾るのだ。さすがに手に持って飛ばしたり戦わせて遊んだりはしない。

あ、いや、することもないではないが、めったにやらない。

ちょっと前なら娘とレゴで遊ぶ時に参加させたりした。たとえば今も『キョウリュウジャー』の食玩フィギュアが、レゴ世界の住人としてレゴ入れに入っている。

だが、娘ももう小学2年生。レゴもあまりひっぱり出さないし、特撮ヒーローにもほとんど興味はないようだ。

だから、仕事部屋に飾る。

飾っているオモチャは妻子の目にも入るわけだが（いや、まったく入っていないのかもしれないが）、完全にスルーされる。

机の片すみに立たせ、何カ月かして、飽きたらしまう。

しまわれたソフビ群は、押し入れの片すみで怪獣墓場みたいになっている。ヒーローも怪獣もごっちゃになった、それなりに厳選された怪獣墓場。

食玩に付属してきた、申し訳程度のガム1個はどうするか。

「仮面ライダースナック」のころは、ライダーカード目当てでスナック本体を捨てる子が続出し、社会問題になったりしたのだが、私はちゃんと食べていた。あ、一度だけ、くだいて水で練って魚釣りのエサにしてみたことがある。ぜんぜん釣れなかったので、やっぱり自分で食べることにした。

今回ももちろん釣りエサにしたりはせず、ちゃんと噛みました。

（ソフトビニールマンガ家・吉田戦車）

買いもの その後

その後、全身の各関節が可動するウルトラ食玩を買った。ウルトラマン、ウルトラセブン、ゼットン、キングジョー。関節が動く怪獣が貴重すぎる。マウントポジションでセブンを殴打するキングジョー、という名シーンが再現できて、感動ものだった。

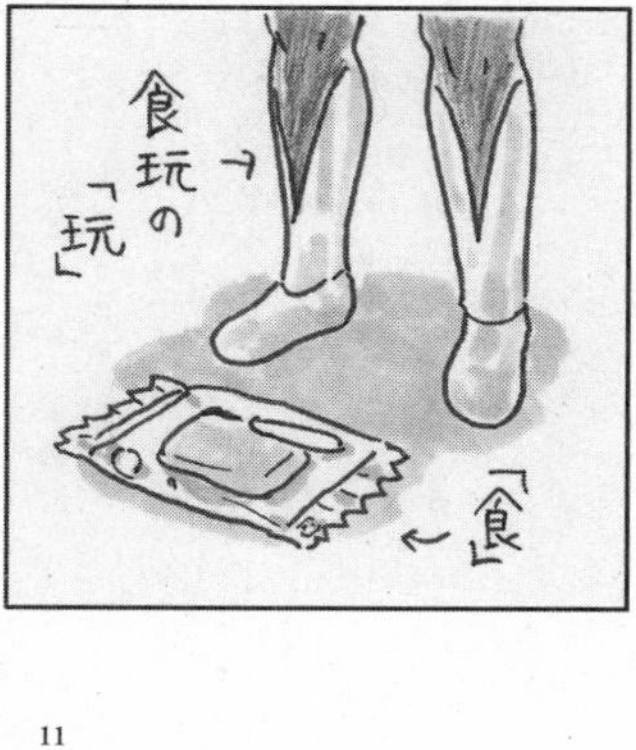

02 キャットフード

ネコを飼っているので、ネコのエサを買わなければならない。

キャットフードというものが売られていなかった時代は、ダシがらの煮干しやけずり節、魚のおかずの骨や頭に残り飯をまぜた、いわゆる猫まんまをてきとうに与えていたのだと思う。実家では飼っていなかったので、くわしく知らないのだが。

当時の、冷凍フィッシュフライのCMソングを妙に覚えている。

「骨がないから〜、ネコ〜、がっかり♪」

小骨をいやがって魚を食べない子がいるから、骨なし魚フライが開発されたのだな……ということを子供心に思った。

それほどまでに、サカナ系の残飯は、普通にネコのエサだった。

今は「人間と同じものを食べさせるのはよくないので、低塩分で総合的な栄養が含まれたペットフードをあげましょう」という世の中になった。

2015年、保護された子ネコ2匹の里親になることになり、ひきとりにいった動

物病院で「これをあげてました」ともらったキャットフードは、フランスのメーカーの高級品だった。

フランス！

おいおい、ノラの子ネコに、なにもフランス製のエサをあげなくても……とちょっと思った。昭和を引きずっている人間なので、ついそんなふうに思ってしまう。

しかしまあ、おとろえていた幼い体を元気にするため、病院でも最善の対応をしたということだろう。代金は保護して病院にあずけた人が負担しているのだった。

ネコ飼いの友人宅でもそれを与え

ているとし聞き、しばらくは自転車を飛ばして買いにいっていた。そのへんのスーパーやコンビニで普通に売っているエサではなかったが、自転車圏内に取り扱い店があった。

ひきとった2匹のうち1匹は、治療法がない難病が発症し、家にきて2カ月でこの世を去ってしまった。

その悲しみも薄れた翌年、もう1匹飼うことになり、そいつも先輩ネコのマツも元気すぎるくらい元気なので、ちょっとエサを見直すことにした。

「やっぱりおフランス、お高いよな…」

と、買うたびに「お」をつけて思っていたからだ。

国産の、もうちょっと買い求めやすいフードが商品棚にはたくさん並んでいるのだし、試してみてもいいだろう。

最初に試した商品はマツの気に入らずあきらめたが、次に試した別メーカーのものはどうやら食べてくれたので、まぜながら徐々に替えていき、定着した。「室内猫用。毛玉対応。コラーゲン3000ミリグラム配合」などと書いてあり、それなりに高級品だ。

定価でざっくりと、キロ１３００円がキロ１０００円になった感じで、まだまだ高いといえば高いが、しばらくはこれをあげようと思っている。

フランス製品は、人間用のワインやチーズをたまに買ってますので……と、心の中でフランスに頭をさげることも忘れない。

（動物マンガ家・吉田戦車）

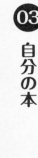

03 自分の本

2017年の春、自分の新刊が立て続けに3冊出た。
『まんが親』第5集（小学館）。子供が生まれた時に連載をはじめた、いわゆる子育てエッセイマンガもこれで完結。開始から7年たち、小学1年生になった娘を描いたところで、終わりにさせてもらうことになった。
潮時、という言葉があるが、男親がいつまでも娘をこと細かに観察、描写するわけにもいかないような気がして、今がそうかな、と思った。

そんな、完結編です。

『おかゆネコ』第7集（小学館）。

ネコの「ツブ」が、いつも体調が悪そうな飼い主におかゆを作ってやる、というマンガもこれが最終巻。

開始前は意図していなかったが、描きはじめたら『ドラえもん』に代表される居《い》候《そうろう》マンガになったので、メインテーマは先住人と居候の友情&ドタバタだ。

たくさんの我が強い登場人物・動物が描けて、とても楽しい連載だった。連中との別れはさびしいが、ネタのためにおかゆを毎週作らなくてよくなって、ちょっとホッとしている。

『走れ！みかんのかわ』（河出書房新社）。

描き下ろしの絵本。

広い野原を舞台に、みかんの皮が、抜け出したみかんの実を探しにゆく冒険を描いた。

保育園、幼稚園ぐらいのお子さん向けだが、まだそのへんに近い精神構造の、うちの小2やその友達もけっこう喜んでくれた。

……………ちょっとまて。

そう、思われるかもしれない。

それはお前の「売りもの」であって、買いものじゃないのでは?

まったくそのとおりですが、新刊が出たら、必ず街の書店で何冊か買う、というのが、長年のならわしなのです。ゲンかつぎとでもいうか。

出版社からも何冊か（私は10冊お願いしている）もらえるのだが、人にあげたりしてなくなると「自分の本を買いに行く」行為の出番である。必要に応じて数店まわる。

若いころのように自意識でドキドキしたりはしないが、いちおう花粉症や風邪をよそおってマスクをしていく。

「あんた作者だろう」

と、書店員にニヤリと笑われることなど絶対にないのだが、念のためだ。

インターネットの時代になり、宅配の時代になり、書店も出版社も印刷会社も、私のような描いたり書いたりする稼業の者も、なかなかたいへんだ。

そのへんのあれこれを、祈るような気持ちで、自分の本を買うのだった。

妻の伊藤理佐は、献本する自著が足りなくなると、やはりマスクをして書店で買うほかに、ネット通販で10冊まとめて買ったりもするらしい。

「ちょっと順位が上がったりするんだよ。あはははは」

ということであり、それもまた彼女なりの、なんらかの祈りの形なのだろう。

以上、まるで宣伝みたいな買いものでしたが、お手にとっていただけたら幸いです。


（子育てマンガ家・吉田戦車）

04 伊勢玩具・コマ

春休みに、妻の伊藤の取材に同行するかたちで伊勢旅行をした。

以前妻と三重県伊賀市に旅行した帰りにたちより、お伊勢参りをしたことがあった。駅前はかなり様がわりしていたが、それなりになつかしい。

シティホテルやビジネスホテルの部屋はほとんど埋まっていて、いわゆる和風旅館は少々高すぎる宿泊費だった。

ゲストハウスと呼ばれる素泊まり

宿の予約がなんとかとれていたので、そこにチェックイン。

街をぶらぶらする。

子供が「街歩き飽きた」とゴネはじめたので、コロッケを買い食いしておちつかせる。

さて、何か物欲をそそるものはありますかな？　と、みやげもの店をながめたが、この日は特になく、伊勢神宮外宮《げくう》にお参りして、初日は終了。

翌日は、「相撲巡業ルポマンガ」を描くという妻の取材日。「伊勢神宮奉納大相撲」を観戦した。本場所ならマス席レベルの距離で観る相撲は、力士の体や動きを近くで見ることができて、とてもおもしろかった。

売店が出ていて、相撲グッズもいくつか並んでいる。

人気力士の手形が売られていた。３５０円は安いが（プリントです）、特にひいきの力士がいるわけでもない人間が、旅先で手形色紙を買わなくてもいいだろう。

終了後、観光客でごったがえす「おかげ横丁」でみやげもの店をのぞいたりしたが、長時間の底冷えする屋外観戦でぐったりしており、物欲も眠っている感じ。

伊勢市駅前にもどり、外宮参道をぶらぶら歩く。

10年前ぐらいに来た時より、きれいな、今ふうのお店が増えている印象だが、年季の入ったみやげもの店や食堂もがんばって残っている。

古くからあるオモチャ屋「たぬきや」に入った。

日本人形などもあったが、凧《たこ》など民芸オモチャ、駄菓子屋や縁日に並ぶような昭和のオモチャでいっぱいだ。楽しい。

指でニチャニチャすると煙っぽいものが出る「おばけけむり」に軽くそそられたが、お伊勢様の門前で買うものではないだろう。

ふと、木製のコマやケン玉が目に入った。とてもカラフルだ。

新聞の切り抜きが貼られている。

「明治創業の伊勢玩具職人三代目による刳物《くりもの》（刃物で木材をくりぬく細工物）。材料は地元のチシャの木やサルスベリが使われている」というようなことが書いてある。「み」という文字をデザインしたらしい、三重県指定工芸品マークのシールもかわいらしい。しかもこれは、たぬきやだけの特注品だという。

これだ！　５００円。

コマひも20円も買い求め、回す気まんまんだったが、さすがに旅行中にその余裕はなく、帰宅してから回した。とてもよく回る。

回し飽きても、塗りがきれいなので、下駄箱の上などに飾ればいいのだった。

そういうもので下駄箱の上、いっぱいだが。

（うっちゃりマンガ家・吉田戦車）

買いもの その後

「おばけけむり」「ようかいけむり」は2020年に製造、販売を終了した。買っておけばよかった。

05 背の高い本棚

職業柄、本はどんどん増える。しょうがないので時期がくればなんらかの処分をして減らすのだが、それでも増えるスピードのほうが勝っている。

一度読んで、また読み返す本などそんなにないのに、

「いつか必要になる日がくるかもしれない！」

という思いで、蔵書は増えていくのだ。

とりあえず……、などと床に平積

みしたらもうおしまい。どこに何があるかわからなくなり、読まれることのない本が地層のようになっていく。

そこで仕方なく、久しぶりに本棚を買った。

当然収納力は欲しいので、高さ215センチ×幅90センチの、背が高く薄型のタイプにした。

あれこれ商品を検索し、よし、これに決めた！　と通販サイトの「買いものかごに入れる」を押す。税込み1万8000円ほど。

ショップの巨大な買いものかごに、本棚が「ガコッ！」と入る幻聴がきこえた。ガタイのいい店員さんが、さすがに息をはずませている（幻視）。

注文をすませてから妻に報告した。注文前にいうと、

「んー…、もうちょっと考えてみれば？」

などと、購買欲に水をかけられることが多いからだ。自分は私の数百倍、ネットで買いものをしてるくせにだ。

今回は、小学2年生になった子供の本の増殖に頭を悩ませていたようで、不満顔はされなかった。

今まで自室で使っていた、高さ120センチ×幅70センチの本棚は、子供用にまわすことになった。古道具屋で買った、もともと百科事典とセット販売されていたらしい古い本棚で、図鑑の数々がよく似合う。

数日して、本棚がきた。

妻に手伝ってもらい、電動ドライバーを使って組みたてた。

215センチは、かなり高い。ジャイアント馬場（209センチ）より高いのだ。一度設置したら、そのまま部屋から出すのは不可能な高さ。

組みたて方法は、上段と下段をそれぞれ別組みしてから、下段の木のダボにボンドをぬって、よっこらせと上段をはめこみ、背面ジョイント部を2カ所、金具とビスでとめるというもの。つまり、引っ越しや模様がえをしたい時、バラすのがたいへん困難だ。

…失敗したのか？　と思った。

妻は「やっちゃったね」という顔をしつつ、まあ今のところ引っ越す予定もないし、いいんじゃないの、となぐさめ顔。

前向きに考えることにして、まずは地震対策だ。

最上部と壁を固定する耐震金具がついてきたが、うしろは土壁、長押《なげし》、ふすま。本棚と壁がぴったりくっついているわけではなく、固定は無理だった。「家具転倒防止用つっぱり棒」で、固定するしかないな、と思って天井に手をあててみると、一枚板が天井裏との仕切りになっているだけで、押すとギシッとたわむ。六畳和室の天井、つっぱりに耐える強度なし。…やっぱりやっちゃったのか？　オレ、と思った。続く。

（黙読マンガ家・吉田戦車）

06 プラスチックチェーン

〈前項の続き〉

背の高い本棚を買ったのだが、仕事部屋が和室のため、耐震金具、天井つっぱり棒などがまったく使えないことに気づいた私。

本棚の背後は、土壁、長押、部屋の出入り口のふすま。

これはもう、木製の部分である長押を使うしかない。

昔の和室につきものの長押は便利なもので、そのままハンガーをかけたり「なげしフック」のような製品で帽子をかけたりできる。

そこになにか金具をねじこみ、本棚に固定すれば、かなりガッチリした耐震化が可能ではないか。

さっそくホームセンターの金具売り場を物色してみた。

だが、DIYの心得もほとんどなく、どれがどう使えるのか、まるで見えてこない。

ふと、むかし伊豆に釣りに行った時の晩、入った飲み屋のことを思い出した。

カウンター内の、店員の背後の酒の棚。あそこに、酒びん落下防止用に、しっかりとチェーンが張られていたのだった。群発地震が多かったころだ。

「上のほうの高い酒の棚には張ってないでしょ。割れたらまたボトル入れてもらえるからさー」

ぎゃははは、と、ママが冗談をいったことを思い出す。

あれだ！

本棚の両側の長押に金属フックをねじこみ、鎖でぐるっと巻く。本は飛び出るかもしれないが、本棚そのものの倒壊は防げるはずだ。

そうそう、娘がママゴトの時に「麺」として使っていた、黄色いプラスチックチェーンがうちにある。あれは少々短いが、あの手のものは百均にありそう！

あった。あったが、真っ赤。それなりにおちついた和室である仕事部屋に、真っ赤な鎖がぶらさがっているのはとてもイヤだ。

別のホームセンターに自転車を飛ばす。

あった。白いプラスチックチェーンが！　黄色いのと金属製もあったが、おとなしく白を買うことにした。

1メートル278円。高いんだか安いんだかぜんぜんわからない。

メートル単位で、ということなので、140センチもあればじゅうぶんなのだが、2メートル買った。店員が測って切ってくれる。肉屋さんみたいだ。

フックは5個入って100円。小学校で雑巾などつるしていた、よく見る「？」のような形のフックなのだが、商品名は「真鍮《しんちゅう》メッキ　洋灯吊《ようとうつり》」というのだった。洋灯ってのが、歴史ある金具という感じでいいですな。

帰宅し、それらを設置し、床に積んでいた本をつめこんだ。

かなり入ってまだ余裕があり、収納力にはとても満足した。

さすがだ、背の高い本棚！

ただ、地震対策はしたものの、上のほうまでぎっしり本を入れるのはためらわれ、上部はそれまで押し入れに収納していたDVD・ブルーレイ置き場にした。特撮とアニメが多いなとか、買ったはいいけど途中までしか観ていないブルーレイBOXが2、3あるな……、というようなことが可視化された。

（防災マンガ家・吉田戦車）

買いもの その後

幸いにも大きな地震はきておらず、本棚は無事であり、プラスチックチェーン設置の効果は不明のままだ。ハンガーなどひっかけるのに重宝している。

部室でおやつに食べる部員たちのために
タレつきもなくなっちゃ困るけどね
スケジュール

07 納豆（タレ・からしなし）

スーパーやコンビニの納豆売り場をながめて、なにか気づくことはないだろうか。

商品のパッケージをじっくりなめるように見て欲しい。

ほーら、気づいたはずだ。ほとんどすべての納豆に「タレ・からし付き」の文字があることに！

細かい違いはあれど、なんらかの味つけ調味料が必ず付属しているのが、今の日本のほとんどの納豆の姿なのだ。

ほぼすべてが「タレ・からし付き」なんだから、もうわざわざ書かなくてもいい、とすら思う。「納豆菌入り」とわざわざうたう納豆が存在しないように。

うちでは食材宅配で毎週納豆を注文していて、それは紙と経木《きょうぎ》のパッケージのものなのだが、タレ・からしはついていない。むかしはこれが普通だった。

それを食べきったらスーパーに発泡スチロールパックのやつを買いに行くのだが、付属のからしは使うけど、タレは少々心が痛むが、ほとんど捨てている。

ごめんね捨てて、と思うが、常備の醬油や白だしなどで、味つけは好きにしたい。同じことを思う人はいるようで、イオンのPB「トップバリュ」に、タレ・からしなしがあるという情報は得ていた。だが、うちの近所に取り扱い店はない。

そんなある日、ふと西友の納豆コーナーで「たれ・からしは付いておりません」という文字が目にとびこんできた！

「おはよう納豆 納豆名人」という商品。気づかなかった。いつごろから売られていたのだろうか。

値段は40グラム×3パックで58円（税込み）。タレ・からし付き納豆は、原材料産地やグラム数など個体差はあるけれど、3パック70円とか80円とか95円とか。

当然のことだが、けっこうしっかり「タレ・からし」に値段がついていた。

後日、ある街のダイエーでトップバリュの「たれ、からしを省いた小粒納豆」にようやく出会うことができ、買ったのだが、40グラム×3パック48円。安くて申し訳ない気すらする。

「おはよう納豆」（ヤマダフーズ）のサイトを見ると、

「お客様からのご要望により、たれ、からしをなくした納豆です」

とあり、やはり少なからぬご要望はあるのである。

仲間がいた！

しかも「容器の中で別添小袋が製品（納豆）に被っていないため、発酵がスムーズになり、均一な仕上がりで臭いも抑えられます」というメリットまで書かれてあり、ほんとかよ、と思うものの、興味深い情報だった。

「タレ・からし」は、21世紀の今、もっとひきしめてもいい部分のように思える。

「捨てる調味料にお金を出したくない」という声が大きくなれば、「なし」は今後、少なくとも売り場面積の半分を「付き」と分けあうことになるかもしれないし、ならないかもしれない。

（大豆マンガ家・吉田戦車）

買いもの その後

たまに付属のタレを使うと、娘が「何これ、おいしい！」という。甘くて納豆臭がやわらぐようだ。敗北感にとらわれつつ、だったらタレ・からし付きでいいから、国産大豆のうまい納豆を買おうと、あれこれ試している。

納豆買いに
赤羽まで
いった
まるます家
これが有名な！

08 テント

2015年の秋、家族で初めてキャンプに行った時は、バンガローを借りた。

テントを買うかどうか迷ったのだが、その時は見送った。

一人用のテントに憧れがある。かつて中型二輪に乗っていたころからの憧れなのだが、買いそびれているうちに中年になり、バイクは卒業した。

この機会に思い切って買って、自分だけ外で寝ようかとも考えたが、そんなことをしたら女性陣から大ブーイングがおきるのは必至であり、あきらめた。

その翌年、熊本地震の被害など見てやはりいろいろ考え、家族三人で使えるテントを買うことにした。もし大震災がきて家が損壊すれば、庭先か、避難所の学校グラウンドなどで寝泊まりすることもあるかもしれない。買おう。買う。

さすがにホームセンターで衝動買いしたりはせず、一人用テントのことを調べた時に最有力候補だった、モンベルのカタログを吟味する。

キャンプ場には公共の交通機関で行く場合が多いだろう。そう考えれば軽いに越したことはなかったが、軽いテントは高い。超軽量ではないけど、値段も手ごろでベーシックなものに目をつけた。

「ムーンライトテント3型」

税込み3万5000円ぐらい。

テントらしい形をした、いいテントである。二〜三人用とあり、大人二人と小学生一人のうちにピッタリだ。

とどいた翌日、さっそく八畳間に張ってみた。子供とネコ大はしゃぎ。

張るだけではなんなので、一晩寝てみることにした。

かつて屋久島・宮之浦岳に登った時に使った「イスカ」のマットレスを妻に。いつの日か一人テント泊をする時に使おうと思って買ったが、まだ自室での昼寝にしか使っていないマット、「サーマレスト Zライトソル」を娘に。

自分用にはスーパーのアウトドアコーナーで買った615円のテントマットを敷いたが、厚さ5ミリのそれは畳にじかに寝ているのとほとんどかわらず、寝ぐるしかった。

厚さ2センチのZライトソル、空気を入れて使用するイスカのマットは快適だったようだ(のちにZライトソルを買い足した)。

寝ぐるしいといえば、小1の寝相の悪さというのを私はあなどっていた。やはりきゅうくつだったらしく、しきりに寝がえりをうち、蹴りや裏拳がガンガンとんできた。

この年、なにかと忙しくてキャンプには行けなかった。買い集めたアウトドアグッズ類が「失敗買いもの」になったらどうしよう。

テントが物置にあればひと安心とは思うものの、テント本来の使い方「外で寝る」ということを一度もしていないわけで、やっちゃったかなー、と思う。

あと、娘が高学年とか中高生になったら、確実にこのテントではせまいな、とも思う。

そうだ、その時こそ一人用テントを買い足せばいいのか！

でもそれは一瞬で、自分一人の部屋を欲する年ごろの者に奪われる気がする。

（野営マンガ家・吉田戦車）

買いもの その後

２０２０年、冬の時点で、まだ一度も使っていない。

09 ふかそうち（孵化装置）

きのうはたくさん出たらしいですが今日はさっぱり
見知らぬ者どうし
終わりましたかねー祭り

思うところあって、養鶏をはじめました！

…ということだと話がおもしろいのだが、残念ながらちがう。

正しくは「ふかそうち」。スマートフォン用ゲームアプリ『ポケモンGO』のアイテムである。

かつてはゲーム雑誌で4コマを連載していたこともあり、よくゲームをした。

その連載が終わったあとも遊んではいたが、さすがに加齢とともに視力への不安が増していき、プレイ時間は減少。2006年、『MOTHER3』のクリアを最後に、ゲームを卒業するかたちとなった。

2012年にスマホを買ってからも、ゲームにはまったく手を出さなかったのだが、2016年の夏、つい「たまには流行りものでもやってみるか」と『ポケモンGO』をダウンロード。

初めての位置情報ゲームにたちまち夢中になり、お金を払うことになった。

ポケコインというゲーム内通貨を日本円で買うのだが、2400円→2500ポケコイン、4800円→5200ポケコイン、1万1800円→1万4500ポケコインと、まとめ買いすればするほどお得になっている。

とりあえず、すぐ飽きるかもしれないし2400円分を買った。

すぐなくなり、2400円追加。

その後、4800円を2回購入。

ああ、オレっぽい買い方だ……、という自覚がある。妻の伊藤は、最初に迷わず1万1800円分を買ったと聞いている。

で、ゲーム内のショップで買うのが、歩いてポケモンのタマゴを孵化させるために使う「ふかそうち」（150ポケコイン）なのだった。他のアイテムも買うが、「ふかそうち」が圧倒的に多い。

ネットの情報をもとに、知らない公園などに遠征してポケモンを捕る行為はとても楽しかった。同好の士がたくさんいることも新鮮なおもしろさだった。

が、さすがに2017年に入って熱はさめてきて、ポケモンのコンプリートはぜんぜんまだなのだが、どうしてもそれを達成したい、という熱意は消え、やめどきを探している感じ。ポケコインも尽きたが、もう購入はしていない。

ポケモンを捕る、自分のアバター（分身）は、女の子にしている。男キャラの顔や尻など見たくないからだが、娘の友達の男子に画面を見せたらおどろかれた。

「ヨシダさんは男なのに、なぜ男じゃないの⁉」

実に幼稚園男子っぽい反応で、感心した。

「これはおじさん自身じゃなくて、ポケモンを集めるために雇っているバイトのおねえさんだから」と説明したら、あいまいな表情でうなずいていた。

そのバイトの子にはさすがに情が移り、夏っぽいさわやかな服に着せ替えてやったりしながら、細々と狩りを続けている。

これを男キャラにしておけば、適当なところできっぱりやめられたかもしれないなあ、などとちょっと考える。

（レベル31マンガ家・吉田戦車）

買いもの その後

これを書いた直後、２０１７年夏前に、すっぱりとやめました。

⑩ 少年サンデー

少年チャンピオンに『手っちゃん』（古谷三敏先生）の似顔?絵が掲載されたことがある
※こういう主人公↓
なぜ大好きな『ブラック・ジャック』や『がきデカ』じゃなかったのか謎！
何考えてた？小6のオレ
手っちゃん
岩手県 吉田○○(12)

昨年（2016年）から、「週刊少年サンデー」を買いはじめた。税込み280円。毎週コンビニか書店で買う。

もちろん、マンガ大好きな子供だった自分が初めて買う商品ではない。すっかりごぶさたしていた「紙のマンガ雑誌を毎週買う」ということをあえてして、むかしのピチピチした気持ちを思い出してみたいと思ったのだ。

仕事のご縁がある青年誌は送って

いただいている。「少年サンデー」もかつて一度だけ連載したことがあり、数年間送ってもらっていたのだが、さすがに献本リストからはずれたようだ。

あ、「また送ってください」といっているわけでは断じてない。むしろ送ってこられたら、買えなくなるから困る。ただ読みたいのではなく「買って読みたい」のだから。

最後に毎週買っていた雑誌は「少年ジャンプ」で、たしか『SLAM DUNK』が終了したあたりで買うのをやめ、好きなマンガは単行本で追うことにしたのだった。もう20年も前になるのか。

小学4年生ぐらいから、週刊少年マンガ誌に夢中になった。マガジン、サンデー、ジャンプ、チャンピオン、キング、すべての雑誌に、愛読していた時期がある。もちろん同時に買えるわけはなく、友達と貸し借りしたり、申し訳ないが立ち読みをして、好きな作品の単行本化を待ったりしていたのだ。

たとえば「週刊少年サンデー」でいえば、高橋留美子先生。『うる星やつら』開始時、私は中3。主人公のラムちゃんや諸星あたると同世代であり、あのマンガは現実逃避に明け暮れる私の、まさにバイブルであった。

その高橋先生がバリバリ連載中であることが、今回、少年誌の中でサンデーを選んだ理由の一つでもある。

送っていただく青年マンガ誌は、山のように積みあげてから、妻のうんざりした気配に気づいてあわてて読んだりしているが、さすがにお金を出して買ったサンデーはすぐに読む。

もう子供のころのようにすべてのページを読みつくすことはできないが、この久しぶりの「サンデー買い」をしなかったら出会えなかっただろう、好きなタイプのマンガも少なくなく、得をした気持ちである。

紙質はむかしのままの再生紙100パーセント。検索してみたら「印刷せんか紙」という紙らしく、インクの乗りも、数十年前より多少進歩しているとはいえ、クッキリというわけにはいかない。

低価格を維持するための印刷品質であり、老化しはじめている目には少々見づらくなってきているが（それに気づいた時は軽くショックを受けました）、これだよこれ、とも思う。

雑誌の「雑多な世界」からしか得られないものは確実にある。

少年時代の私がそこから多くのものをもらったように、中年時代の私にも、また何かくれませんか、と思うのだ。

（遠近両用マンガ家・吉田戦車）

買いもの その後

２０１８年の夏、10日間の海外旅行をした時に、買えない号をデジタルで買ってみた。値段は紙の雑誌と同じ。スマホではなく、ｉＰａｄで読んだ。粗い紙質と無縁なため、正直たいへん見やすい。その後も何号かデジタルで買ってしまい、紙の雑誌に戻るかどうか、ただいま深く悩み中。

買いものちゃん①

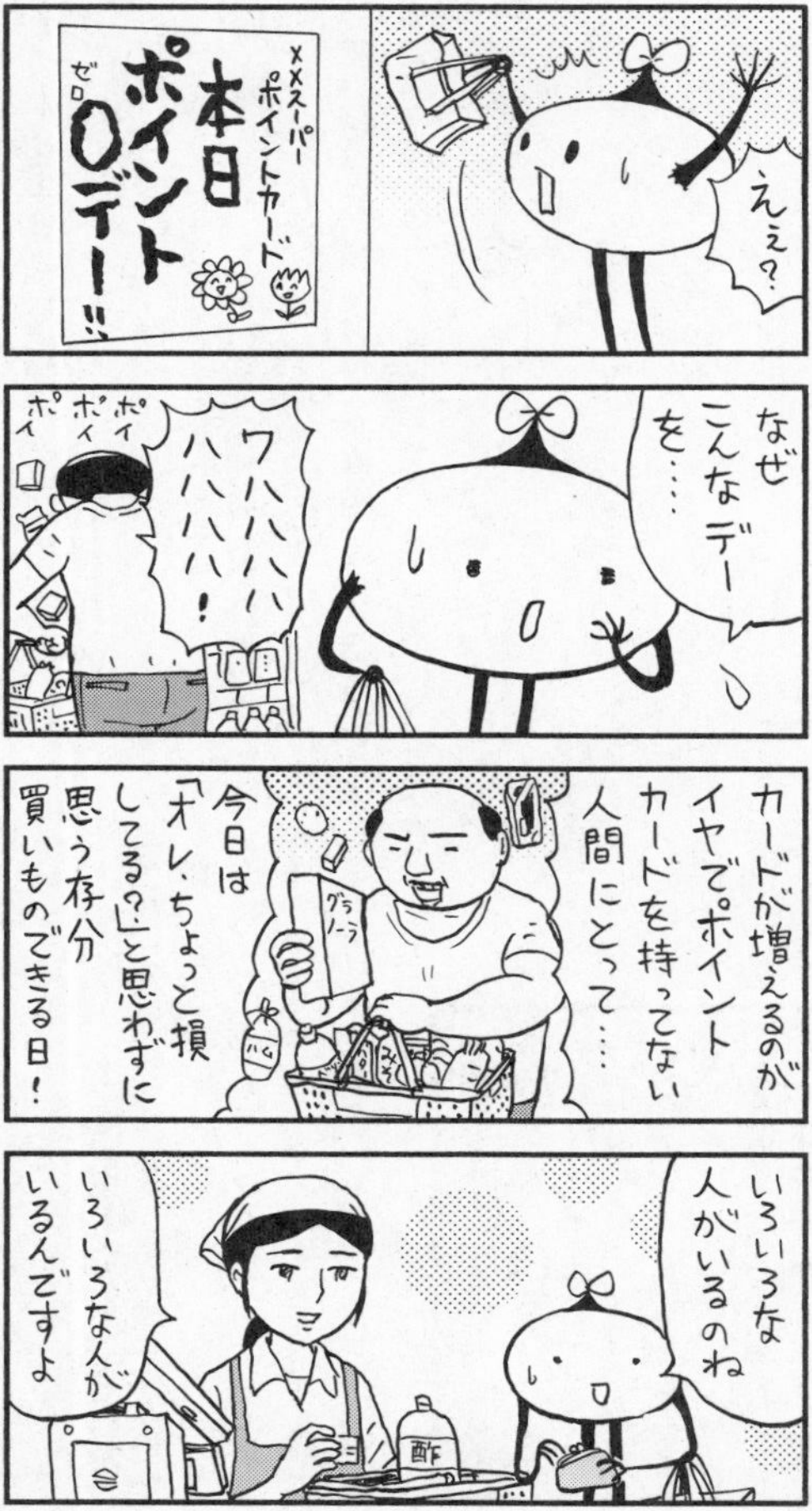
えぇ?
××スーパー
ポイントカード
本日
ポイント0《ゼロ》デー!!
なぜこんなデーを……
ワハハハハハハハ!
ポイ ポイ ポイ
カードが増えるのがイヤでポイントカードを持ってない人間にとって……
今日は「オレ、ちょっと損してる?」と思わずに思う存分買いものできる日!
グラノーラ
みそ
ハム
いろいろな人がいるのね
いろいろな人がいるんですよ
酢

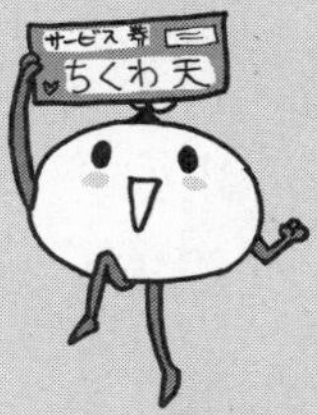
サービス券
ちくわ天

⑪ 血圧計

あら高め
緊張してますかー？
もー回
やってみましょうかー

50歳をこえて、高血圧といわれる領域に入った。

酒飲みの麺好きだから仕方ないとは思うものの、このまま放っておいて薬にたよらなければならなくなる事態はさけたい。

というわけで、2014年夏に血圧計を買った。上腕で測る一般的なタイプのもので、3779円。

しばらくは毎日朝晩測り、スマホの血圧アプリに記入した。グラフが右肩下がりになれば、運動や減塩のはげみになるだろう。

歩く時間を意識して増やした。軽いジョギングを試みたこともあるが、1週間で挫折。とりあえず散歩は好きなので、歩き続けるしかない。

血圧本を何冊か読み、減塩も心がけるようになった。

たとえば寿司は、醤油につける食べ方をやめた。小皿に少量入れた醤油を箸でつっつき、それを寿司の上にチョンとつけて食べる。コハダなど酢じめのネタは醤油完全カット。初めは「醤油好きのこのオレが…」と情けない気持ちになったが、やがて慣れた。

そんな努力をはじめたのに、グラフが右肩下がりになっていく気配はなかった。なんかギザギザ。

1~2カ月程度じゃ結果が出なくて当然なのだが、血圧を測り続けるモチベーションは下がる。

挫折した。

その後は数カ月おきに思い出したように測って「…改善してねえ」「むしろ上がってないか?」と、ため息つきながら引出しにしまいこむ、という感じになった。

年に一度の健康診断の数値を目にすると、さすがにやる気が再燃する。寿司の「減塩食べ」は習慣化したが、ふと気づくと平気で連日ラーメンを食べたりしていて、これじゃいかん、と思った。

再び毎日測りはじめた。

「旅行や帰省の時にもきちんと測らなければ！」と思いこんで、２０１５年の暮れに、持ち運びやすい手首式血圧計を購入。送料込みで２８６５円。

これが失敗した。

上腕式より、数値が高めに出るのである。

どちらかといえば上腕式のほうが正確、といわれているので、手首式のやつに「ふっかけられてる」ような気持ちになる。

上腕式が、私の気持ちを忖度《そんたく》し、サービスとして数値を低めにしている可能性もなくはないが（ないです）、どちらが正しいか判明しないまま、手首式は押し入れの「失敗したもの墓場」にしまわれることになった。ごめんな。

最近半年ぶりに、もちろん上腕式で測ってみた。

まったく改善していない。

もう一生、常に血圧を気にして暮らさなければならないんだな、とため息をつき、また定期的に測りはじめた。

……のだが……

毎日だと続かないので、週3、4回でいいことにしたりと、敷居を低くしてやってなお、1カ月ぐらいで飽きて挫折。

夏休みの宿題「毎日の気温調べ」がぜんぜんできなかったのと同じような、性格的なアレだろうか、と思ったりする。

（適度な有酸素運動マンガ家・吉田戦車）

買いもの その後

2020年、とうとう寿司屋では「醤油、ガリ、汁物、穴子など味のついたネタ禁止」の段階に突入。

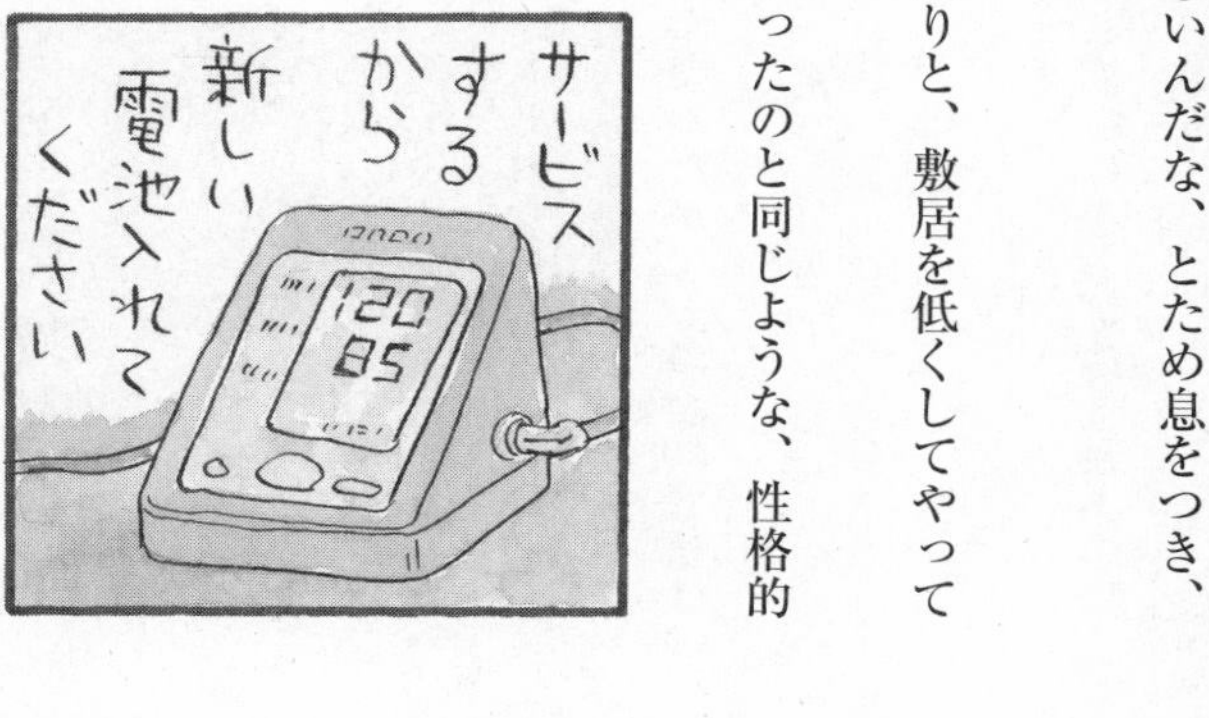

⑫ 軽トラック

おや、大物を買ったな、と思われたかもしれないが、オモチャの話です。

マンガの構想を練る、という作業をマンガ家はするわけだが、「ビッグコミックスピリッツ」の新連載『忍風！ 肉とめし』の設定を考えながら、ふと思った。

「山奥の集落が舞台なので、軽トラが出るシーンがあるかもしれないな…」

連載開始の数カ月前のことだ。

資料のための画像など、ネットで検索すればじゅうぶんなのだが、その段階で私は、軽トラのミニカーが欲しくなってしまった。

どうしても、今すぐ欲しい。

ないとマンガ描けない！

駄々っ子か！

その時点ではまだ企画段階なわけで、用意した資料など無駄になる可能性があるにもかかわらず、物欲に火がついた。

ミニカーには時おりそういうことがある。

前は、急に欲しくなって、近所の店のオモチャ売り場でトミカ「トヨタクラウン コンフォートタクシー」を買った。税込み400円ぐらい。

タクシーとしてのツボを押さえた「左の後部ドア開閉」というギミックがすばらしく、クラウンセダンのおちついた姿にも満足した。

そのタクシーを資料に絵を描いたかどうかは、まったく覚えていないのだが。

ともあれ、今回もオモチャ売り場に走った。

時々無性に欲しくなるトミカだが、現在販売中の製品に、私が求める普通の軽トラがないことは調査済みである。どれもパン屋さんとか移動販売車とか、荷台になにかついてるスペシャル仕様になっている。

迷わず、ミニカーではない乗りものオモチャコーナーに突進。

あった。

マルカ「ドライブタウン」シリーズの「ハイゼットトラック」。

ミニカーより二回りくらい大きい自動車のオモチャ。プルバック走行タイプなので、少々デフォルメされているが、立派に軽トラだ。税込み572円。

買って帰り、荷台に消しゴムなど載せて走らせて楽しんだ。

じゅうぶん物欲はおさまったのだが、数日後、思いがけないサプライズがあった。

ネットで注文した書籍数冊が入った段ボールに、軽トラのオモチャも入っていたのだ！

アガツマ「スバルサンバー」。

走行ギミックはないが、プラスチックの幌、厚紙の荷物つき。もちろん幌ははずせるし、後部ゲートも開閉する！

一杯やりながらネットショップで見かけて「へえ、これいいな」と思った記憶はあるが、「カートに入れる」を押した記憶はなかった。税込み1100円ぐらい。

商品には満足しているが、なんだか自分がヤバい。

せめてもの救いは「同じものをダブって買わなかったこと」だが、どちらにしろ、家族には知られたくない感じのヤバさだ。

そして、今（2017年）の時点で3話ほど描き進んでいる『忍風！　肉とめし』に、今のところ軽トラは出てきていない……。


（忍者マンガ家・吉田戦車）

買いもの その後

『忍風！　肉とめし』に、軽トラックは一度描いたかな、という程度。そんなものである。軽トラは、いつのまにか娘のオモチャ置き場に移動していた。何かの遊びの時に、荷台が使えるようだ。

プレミア商品ポチるほどには酔ってなかったんだな…
ホッ
「ホッ」じゃねーよ
ツマ

⑬ 音楽

エンニオ・モリコーネの
曲がけっこうあって
仕事BGMに◎!
『荒野の用心棒』の
たいへん色っぽい
人妻ヒロイン
C・イーストウッド

暮らしの中で常に音楽がないとダメ、というほどではないが、もちろん音楽を聴きたい時はある。おもに仕事中だが、集中力をさまたげない、クラシックやサントラを流すことが多い。

あと1時間で仕上げないと！　という時は、アドレナリンが出るような燃える曲を選択する。

音楽はおもに二つの方法で聴く。まずラジオ。慣れ親しんできたものなので、安心して聴ける。

そしてCD。高校生まではレコードだったが、大人になってからはCDだ。いまだに音楽データダウンロードじゃなくてCDで買わないとおちつかないのは、おじさんだからだろうか。

とはいえ、さすがにスマホを持つようになってから、データで音楽を買ったことはある。

旅行先でいろいろ飽きてグズる娘のために『アナと雪の女王』や『プリキュア』シリーズの曲を、ネット配信で買った。

私も妻も小学生のころから視力低下に悩んできたため、子供にスマホの小さい動画を見せてヒマをつぶさせることに抵抗があり、じゃあ音楽聴こう、ということになったのだ。

子供は大喜びで、クルマの運転中や、宿での「グズりどめ」にとても役にたった。

デジタルオーディオプレイヤーで大量の音楽を持ち歩くことをしてこなかったのは、通勤がない仕事だということが大きいと思う。イヤホンやヘッドホンで音楽を聴く必要がない。

もうずっとこのまま、CDとラジオでいいや、と思っていたところ、新しい聴き方に出会った。

某大手通販サイトの、年会費3900円でたくさんの動画や音楽が楽しめたり、特典がいっぱいですよ、というサービスに入ってみたのだ。

オリジナル特撮ヒーロー番組の視聴めあてで入ったのだが、音楽を聴いてみたら、ネットラジオやプレイリストの数々が、かなり使えることを知った。

スマホの外部スピーカーの音質は少々きびしいので、ソニーのBluetooth対応ワイヤレススピーカーを購入。6500円ぐらい。ボール状の形がとてもかわいらしく、未来っぽい。音はモノラルだが、私にとっては問題なし。

このスピーカーのおかげで、この聴き放題サービスが生きた。ためしに、アニメのサントラをダウンロードで買ってみたりもした。

聴きたいアルバムや曲がないことがある、ということにもすぐに慣れた。

たとえば「サザンオールスターズ」を検索すると、オルゴールやハープ演奏のインストゥルメンタルしか出ないのだ（執筆時の話）。

あえて、一生聴くことはなかったと思われるそれらを聴く。

自宅が、あまり流行っていない海辺のカフェのようになり、旅情のようなものすら感じてしまう。

この原稿は「サックスで聴く、大河ドラマテーマ曲」という、すごくオリジナル曲を聴きたくなるアルバムを流しながら書いた。

（音痴マンガ家・吉田戦車）

買いもの その後

本文ではなんとなくはぐらかしたが、Ａｍａｚｏｎプライムのサービスの一つ、プライム・ミュージックである。あいかわらず毎日のように聴いていて、お金を払う価値があると思う一番大きな理由となっている。逆に、ビデオは時間がなくてあまり見ないし、荷物は注文したその日に来なくてもいい。

ウォークマン
（カセットの）は
持ってたが
外ではたぶん
5.6回しか
聴いてない
20代

⑭ チャドクガ毒針毛固着剤

数年前に、妻と私の仕事場兼住居として、古い家を購入した。

家のまわりや庭的な部分には、建て主により庭木や山野草が植えられていて、ささやかながら季節の花々が楽しめる。

だが…、光あるところには影がある。

数本あるツバキの木に、チャドクガの毛虫が湧くのである。その毒針毛にやられるとたいへんなことになるという。

毒針毛は目に見えないほど微細で、それが風や振動によって飛び、皮膚につくと炎症をおこすらしい。

おちおち子供を遊ばせることもできない。

数年前、その大発生を初めて見た時は悲鳴をあげた。

「ぜんぶ抜く。ツバキぜんぶひっこ抜く！」

だが、意外にも花を愛する妻は反対。植木屋さんと相談のうえ、1、2本抜くにとどまった。

消毒剤を年2回ほどかけてもらっているが、それだけでは100パーセントは防ぎきれず、毛虫は毎年発生する。発見したら連絡するが、すぐ来てくれないことも多い。

植木屋さんへの支払いは妻がしているので「毛虫退治、お前がやれ」というわけにもいかず、私がなんとかするしかない。

普通のスプレー殺虫剤をかけると、毛虫が落ちて被害が広がるという。殺せばいいわけではないのがむずかしい。

検索していきついたのが、表題の「チャドクガ毒針毛固着剤」。明解なネーミングだ。

近所のドラッグストアには置いてなかったので、ネット通販で買った。税込み１３００円ぐらい。人生何を買うことになるかわからない。

手袋をし、左手にはアウトドアなどで使う火バサミを持つ。もちろん長そで長ズボン。首には手ぬぐいを巻く。

毛虫を発見したら、慎重に火バサミで葉をつかみ、スプレーを吹きかけ、毒針毛ごと固めてしまう。固着剤に殺虫成分は入っていないので即死はしないが、やがて窒息死する。

……こんなの読むのイヤかもしれないが、やってるほうはもっとイヤなんだ‼

『シン・ゴジラ』の、ゴジラを大量の冷却剤で活動停止させようという作戦、気分はアレで、慣れてくるとなかなか高揚する。脳内ＢＧＭはもちろん伊福部昭だ。

……とでも思わないとやってられない。

固めた葉は剪定バサミで切りとり、ビニール袋に入れて燃やせるゴミに出す。終わるといつも体がかゆいような気がするのだが、今のところ被害にあったことはない。

このパトロール＆駆除を、春と初秋の年２回やるのが、毎年の恒例となった。

植物の名前はなかなか覚えられないのに、チャドクガの生態にはちょっとくわしい、たのもしいんだか哀しいんだかわからないオヤジになったわけだが、これも運命、といえるのかもしれない。

「チャドクガ、今日はあそことあそこに出てたからやっつけた」

妻には必ずこのように報告し、「感謝してね」アピールをすることも忘れない。

（小型有毒生物災害対策マンガ家・吉田戦車）

買いもの その後

「毛虫は危ないのでプロにおまかせを」と植木屋さんが言うので、出たらすぐ電話するようになり、使わなくなった。

⑮ 冷麺器

「真田丸顕彰碑」の近くに
こんな感じの
外国人さんたちが
真田ファンだろうか

夏前のある日、サイン会のため10年ぶりに大阪に行ってきた。大阪は何回かおとずれたことがあるが、ほとんど土地勘がない。イベントを終えて最終日はフリーだったので、未訪問だった大阪城に行くことにした。

2016年に1年間楽しんだ大河ドラマ『真田丸』の、いわゆる聖地巡礼の気持ちがあった。

JR大阪環状線の大阪城公園駅で降りる。よく晴れた日で、たいへんにぎわっている。本丸広場は半数以上が海外からの観光客のように見えた。

天守閣入場口は大行列で、上に登るのを瞬時にあきらめる。

地図を見ながら南に1時間ほど歩くと、大阪城の出城「真田丸」があった高台がある。脳内で流れるテーマ曲。

近辺には真田山町、空堀《からほり》町などという町名があり、気分があがる。

もより駅、玉造《たまつくり》駅の「玉造日之出通商店街」という長いアーケード街を歩いてみる。六文銭ののぼりや、赤備え武者の「顔ハメ看板」などがあり、さすが真田丸のおひざもとだ。

歩くことで、少しずつ土地勘が作られていくのは楽しい。

さらに南下すると、日本有数のコリアタウン、鶴橋に出て、ちょっとおどろいた。むかし一度食事をしにきたことがある。焼き肉と幸村がむすびつかない。

さらにその先、通天閣の近く、天王寺茶臼山《ちゃうすやま》周辺は大坂夏の陣の激戦地。真田幸村終焉《しゅうえん》の地とされ、歴史ある街の、複雑にいりくんだ土地の重なりかたにウットリする。

茶臼山まで歩く脚力と時間はなく、鶴橋の迷路のようなアーケード商店街を散歩することにした。

それにしても、祝日とはいえこちらもすごいにぎわいだった。この日たまたまかもしれないが、お城で見かけたような団体客は少なく、外国人客も日本人客も、少人数で気軽にご飯を食べにきている印象。地元の家族連れや、高校生など若い人たちも多い。

耳に入ってくる、いわゆるコテコテな感じの会話が楽しい。洋服店のオヤジがおばちゃん客に、

「OLさんいろいろあるで。よってってやー」

「誰がOLやねん」

みたいな、呼吸をするようなボケツッコミにいちいちしびれる。

何か買おうと思ったが、生肉やキムチを持って新幹線に乗る気にはなれなかったし、前年ソウルに家族旅行をしたばかりで、唐辛子粉や干し鱈などの乾物はまだ使いきれず残っている。

けっきょく冷麺用の器を1個買った。880円。

ステンレス二重の保温、保冷マグカップやタンブラーがあるでしょう。あれのどん

ぶり版だ。

見た目も涼しげで、夏に向かう買いものとして成功したと思ったのだが、夏になってみると、あまり出番がない。

食事とともに冷たいものを飲みがちなので、食べものは逆に、ギンギンに冷えていなくていいおかずや肴が多いのだった。

これは、冷麺を商うお店でこそ実力を発揮できる器なのだな、と思った。

（スマホ地図活用マンガ家・吉田戦車）

16 てみ

いきなり「てみ」といわれても、多くの人はなんのことだかわからないだろう。

私もわかりませんでした。

漢字だと「手箕」と書く。

「箕《み》」は穀物や豆をふるってモミガラなどをのぞくための、かつては必需品だった農器具である。

今では、竹細工を扱う店などで民芸品として見ることが多いように思う。

それのプラスチック製品が、今回の買いもの「てみ」だ。

昨年（2016年）の夏の終わり、草とりをなまけていたせいで、雑草がたいへんなことになってしまった。

わが家は古い一軒家で、家のまわりに土部分が多い。放っておけば雑草天国だ。

前々回書いた、害虫パトロール&駆除にも支障が出るので、思い切って草とりをすることにした。今まではだいたい妻にまかせっきりだった。

暑かったが長袖シャツを着こみ、完全武装で外に出る。

蚊がすごいので、蚊取り線香も2、3カ所設置。とりあえずここからここまでと、目標を決めて刈ったりむしったりしはじめる。

イヤイヤやるのではなく、「ここは深い山の中で、自分はキノコや山菜をとって大自然を満喫中!」などと思いこむのがコツだ。

あ、今ヤブのむこうのけもの道をイノシシ(バイク)が通った。

刈った草はチリトリに入れて、コンクリート部分に運んでつみあげ、しばらく乾燥させてからゴミ袋に入れる。

そのチリトリの容量が、ぜんぜん足りない。

そこで作業を中断して向かったホームセンターで見つけたのが「てみ」だった。

農業の現場でも使われているのだろうが、公園や遊歩道などの雑草とり作業時に、オレンジ色のその道具をよく見かける。

これ、「てみ」っていうのか！

貼られているラベルには「衝撃、摩耗に強い！」「作物や肥料の運搬に。お庭の掃除などに」と書かれてあり、これじゃん、と思い、即買いを決めた。

小646円と、大862円があって（どちらも税込み）、大はいかにもでかい。大がプロ用で、小が家庭用なんじゃないのかなと思い、小を買った。

翌日、妻も草とりに参戦。二人でどんどんむしっていく。

…てみ小、容量ぜんぜん足りず。

「大にすればよかったか……」とつぶやくと、妻が「ほら、また〜」というような顔をする。

いや、帽子とサングラスと首から覆うマスクで表情は見えないのだが、そんな気配がした。妻は、大と小があったら迷わず大を買う「大は小を兼ねる」派だ。

大を買い足そうかと思ったが、月に一度刈れば、毎回大量に運ぶこともないのだし、やっぱりまめに刈ろう、ということになった。

今年（２０１７年）の夏は、私はサボっているが妻が少しずつがんばり、てみもしっかり役立っている。

ただ、やっぱり大のほうが作業効率がいいかも……、と思うので、こわれたら買い替えたいのだが、「衝撃、摩耗に強い！」そのボディは、こわれる気配がまったくないのだった。

（除草マンガ家・吉田戦車）

17 打出《うちだし》料理鍋

中尾アルミの「キング打出料理鍋」の24センチを愛用している。

そのへんの店のキッチン用品売り場では、まず見かけない鍋だ。私もネットで知ったのだが、いわゆるプロユースの、おもに和食店で使われる鍋らしかった。

台東区のかっぱ橋道具街にいけば買えるが、ネットショップで購入した。かなり割引きされたうえで4000円ぐらいではなかったか。

軽くて沸騰が早いので、おひたし、

煮もの、麺ゆでにと、毎日のように使っている。

持ち手もアルミなので鍋つかみ必須だが、すぐに慣れた。安くはないが、使用頻度を考えれば成功した買いものといっていいだろう。

妻も便利に使いながら、

「客が来た時用に、もうちょっと大きいのがあれば」というようなことを常々いっていた。

たとえば容量3・9リットルのこの鍋だとパスタ三人前、300グラムぐらいが適正量なので、子供の友達家族が2、3組来た時は何度かに分けてゆでねばならず、面倒らしかった。

じゃあ買おう、ということになったのが2016年暮れ。

打出料理鍋33センチ。容量は11・0リットルだ。

鍋の厚さは24センチは2・0ミリだが、33センチだと2・3ミリと分厚くなる。

装甲が厚い、という言葉に男子は弱い。私も男子の端くれなのでそのスペックにワクワクした。

ネットショップで5025円。ついでにアルミの専用ふた2570円も買った。

現物が届き、その段ボール箱のでかさに仰天し、開梱して本体のでかさに息をのむ。アルミの光沢が美しいが、でかい。

米のとぎ汁と野菜の皮を入れて煮沸し、鍋ならしをしたが、その必要な湯の量に圧倒された。

妻がパスタや枝豆をゆでるのに2、3回使ってみたようだ。

「…お湯の量が怖すぎる。両手で持って流しのザルにあけることができないから、中身をすくったあと、いつまでもこの中に大量の熱湯があるわけで、とても不安」

感想が暗い。

24センチは家庭用だが、33センチはすでに業務用なのかもしれない。

そういえば、アルミのふたはまるで『キャプテン・アメリカ』の、あのヒーロー業務用の丸い盾だ。私がアメリカの子供だったら、確実にこれでキャプテン・アメリカごっこをして親に叱られるだろう。

私も乾《ほ》しうどんをゆでてみた。麺揚げ用に、わざわざ築地場外で買ってきた手つきザル(1280円)を華麗に使っていい気分だったが、やはりうちの台所にはでかいな…、と思った。

今のところ24センチ鍋でじゅうぶんだが、娘の摂取麺量は今後どんどん増えていくわけで、これが活用される日も近いのかもしれない。

秋になったら、この大鍋で故郷の「芋の子汁」を作って人を呼んだりするといいかもしれないが、幼稚園の時のように、子供たちが家にドカッと来ることは減ったよなー、と、しんみりする。

(沸騰マンガ家・吉田戦車)

買いもの その後　でかいほうは、いまだに日常的に使うことはないのだが、タケノコやトウモロコシをたくさんもらった時などにたいへん役にたつ。「ドリルがついた地底作業車」的な、たのもしい秘密兵器のような存在だ。

『芋の子汁』
サトイモ
トリ肉
大根 ゴボウ
ニンジン
ネギ
豆腐など
しょうゆ味.

お母様
具は入れないでください
通《ツウ》は純粋に
汁と麺の味を
やかましい

⑱ ラーメン5袋パック

インスタントラーメンは大好きだったはずなのに、気がつくと消費量が減っている。

それは家族と、朝晩いっしょに食事をしているからだ。

朝や晩にインスタントラーメンということはまずなく、食べる機会は昼だけなのだが、そういう生活が続くと、昼は外食したくなってしまう。

一人暮らし、あるいは自分の仕事場を他に借りている時はそうではなかった。朝からインスタントラーメンという日もあり、消費はそれなりにはかどった。

今は、5袋パックを買うと少々もてあましてしまう。袋ラーメンの賞味期限はそう長くはなく、2袋ほど残ったまま「やべ、期限過ぎちゃった」ということもありがちだ。

だが、やっぱり袋ラーメンが常に2、3袋あるというのは安心できるものだ。カップ麺もいいが、具をいろいろ入れられる袋麺の「いちおうちゃんとした食事にできる感」は得がたい。

そしてその2、3袋は、「塩、味噌、醤油」が1袋ずつあるような状態が望ましい。

家族のことはおいといて、あくまで自分一人の安心感を考えた場合だが。

同じようなことを考える仲間と飲むたびに、何度もこの話題が出る。塩、味噌、醤油が1袋ずつ入った3袋パックはできないものだろうか、と。

スーパーで特価200円ぐらいにすれば売れると思うんだけど、なぜないんだ！と、おじさんたちはチューハイをおかわりしたりするのだった。

袋ラーメンを1袋ずつ売っている店も、もちろんある。

だが、問題なのは、もちろんお値段のことだ。

今の季節、インスタント冷やし中華を見てみよう。近所のスーパーで1袋89円。5袋パックが特価298円。

そんな人はいないだろうが、その1袋89円のを5個買ったら、445円にもなってしまうのだ！

野菜や魚の「一山いくら」がお得なのと同じ理屈なんだろうけど、それでも「1袋」が置いてあるのは、一人暮らしのお年寄りなど「高いけど、同じ味じゃ飽きるし……」という客用なんだろうな。

さらにインスタント袋麺業界に希望をいうと、メーカーの垣根をこえた「有名どころラーメン5袋パック」が見たい。

サンヨー食品、日清食品、東洋水産（マルちゃん）、明星食品ともう一社（地域によってちがったりする）の、たとえば醤油系を集めて5袋！

「戦隊もの」のオールスター映画みたいで燃えませんか！

……無理か。

先日、子供がちょっと食欲が落ちる風邪をひいたので、好物の醤油ラーメンなら食べるだろうと、5袋パックを買ってきた。

1袋作ってやって、「あー、またこの残り4袋の食べ切りに苦労するのか……」と思っていたのだが、気がつくと1週間でぜんぶなくなっていた。私が外出した昼に、妻子で食べたらしい。
なんだ、5袋パック買っても大丈夫な家になっていたのか、と思った。

（汁飲みがまんマンガ家・吉田戦車）

好きなのを
一つ選べと
いわれたら
サッポロ一番
塩かなー
（理由・切りゴマが好き）
塩らーめん

⑲ チップ制トイレ

どこの国か
忘れたが
係の人の直接
集金トイレに
入ったことあり

東京の新宿より西側を転々としながら、30年以上暮らしてきた。

マンガ家だから都心のオフィス街に通勤することはなく、サラリーマンの街といわれる地域とも無縁だった。なので仕事帰りにガード下で同僚と一杯やる、というような風景には、ずっと軽い憧れがある。

40代なかばぐらいから、たまに銀座、有楽町、新橋あたりを散歩するようになった。

妻の伊藤が友人たちと歌舞伎を観

ている間、終わるのを今はもうない三原橋地下街の飲み屋で待つ、みたいなこともした。

老舗飲食店に食べにいってみたり、あのエリアのかろうじて残っている「昭和の匂い」を嗅ぎにいくのは、中年の楽しいお遊びだ。

最近、なんとなく足が向いてしまうのが、1966年竣工の「新橋駅前ビル1号館」である。散歩するのは昼前が多いので、地下にずらりと並ぶ飲み屋はほとんどまだ閉まっている。ランチをやっている店、喫茶店、立ち食いそば店が開いている程度。

そのビルのトイレが、チップ制なのだ。

タイル壁にコイン入れが設置され、「チップ制で『清潔』が保たれています」と書かれている。

硬貨が入るすきましかなく、お札を入れたかったら六つ折りぐらいにする必要がある。「1000円とはいいませんが、10円でも100円でも、お気持ちをお願いします」というようなことなのだろう。

1階に上がる。なつかしい雰囲気の喫茶店「ポンヌフ」があり、いつかここでスパゲッティナポリタンを食べてみたいと思っているが、その日も開店前だった。

その並びの文房具店があいていたので、何か欲しいものなかったっけ、と思って入ってみる。

特になかったが、めだつところに陳列されていた「ネコ磁石」を買った。４１０円。黒いネコの形をした、冷蔵庫やホワイトボードなどにはりつける磁石だ。しっぽがフックになっている。

かわいい磁石だが、やっぱり、せっかく昭和臭ぷんぷんの新橋駅前ビルでの買いものだもの、一度チップ制トイレを使ってみたい。チップなどのサービス料金も、「価値あるものに代金を支払う」という意味で、立派な買いものの一形態だろう。

が、その時点では必要に迫られるものなし。しょうがないので、水筒につめてきた茶を飲みつつ、近所を散歩する。小一時間も歩くとなんとなくイケそうになってきたので、新橋駅前ビルに戻った。

バカか、とも思うが、しょうがないのだった。夜に飲みにくる機会はなかなかないので、入れる時に入っておかなければ。

10円玉をチップ入れに投入し（10円かい）小用をすませた。前夜の酔っ払いたちの気配もなく、きれいに清掃されていて、洗剤かなにかのいい匂いがかすかにただよっている。

チップを費用の一部として、誠実に清掃業務をおこなっている人の存在を感じた。

（水分摂取マンガ家・吉田戦車）

⑳ ロマンスカー特急券

はたち前後の学生時代に、東京都町田市に住んでいた。

居酒屋でバイトをしたり、某ハンバーガーショップで発売されたばかりのテリヤキチキンバーガーを買って帰ったら生焼けだったり、いろいろな思い出が残っている。

なんといっても、この街の風呂なしアパートで、イラストやマンガの仕事をはじめたのだった。

そのころ描いた大量の落描きは、数年前にほとんど捨てた。正視できない若さのエキスでぐっしょり湿気ってるようで、こんなもの死んだあとに家族に見られたらたまらん、と思った。

そんな感じのわが青春の街、町田です。

今でも時々町田には行く。先日も新宿をふらふらしていて、久しぶりに行く気になった。

若いころは急行で、ほとんど吊革につかまって移動していたわけだが、今は迷うこ

となく特急ロマンスカーに乗る。昔はそんなぜいたくなど思いつきもしなかった。

ぜいたくといっても、町田まで全席指定特急券410円。乗車券が370円。ただの移動ではなく、「非日常的な乗りものに乗る娯楽」なので、遊園地の乗りもの券と思えば安いものだ。

特急列車の魅力は「途中駅のすっとばし」に尽きる。

その日乗った14時30分発「はこね33号」は町田までノンストップ。すべるように経堂駅やら成城学園前駅やらをすっとばしていき、実に気持ちがいい。

車窓からぼんやり風景をながめているうちに軽く眠ってしまい（損した）、ロマンスカーはあっという間に町田に着いた。

三十数年たてば当然街は大きく変わっているけど、残っている店もある。本屋「久《ひさ》美堂《みどう》」、馬肉専門店「柿島屋《かきじまや》」、焼き肉屋「いくどん」、町田仲見世商店街の各店、東急ハンズ……。町田ハンズは私が初めてマンガを描く道具を買った店だったと思う。

街角になつかしさの香りを求めて歩きまわっているうちに、飲まないつもりだったけど飲みたくなってきた。

一人ではなんなので、そう遠くない小田急線沿線に住む、ロマンスカー好きの神奈川県民Mさんを呼び出した。

時間ができると「目的地に目的がなくても、ロマンスカーに乗りたいから乗る」ということを50年近く続けてきた男だ。

ちょうどヒマだったMさんと16時開店の馬肉専門店「柿島屋」で落ち合う。とりあえずホッピー白で乾杯。

「何に乗ってきた？　ＶＳＥ？」

ロマンスカーに乗ってきたからには、当然それ確認済みだよね、という口調。

「え？　…えーとなんだっけ…」

車両の種類になどまったく興味がない私が口ごもっていると、ダメだなこいつは、と舌うちするような顔つきになるMさんだった。

私のオタク的な方面への掘り下げの浅さと、買いものの中途半端さとは、共通する何かがあるような気がする。

するけど、どうしようもない。

町田編、続く。

（思い出大好きマンガ家・吉田戦車）

21 「絹の道」の昆布

近郊に出げいこにきていたという
乾物うまし！
のちの新選組の連中も通ったかも
みぎ はちおうじ

〈前項の続き〉

学生時代の3~4年間を過ごした、小田急線町田駅周辺。大学は中退してしまったが、この街でマンガ家人生もはじまった。

なつかしく思いながらぶらぶら歩いていると、乾物屋が多いことに気づいた。

昔から多かったのだろうが、気づかなかった。三十数年前はまだ、様々な「昭和な店」が健在であり、その中に埋没していたような感じだったろうか。

ネットで調べてみると、幕末の横浜開港後、八王子方面から横浜まで、おもに絹を運ぶ街道が発展し、「絹の道」と呼ばれていたらしい。シルクロードだ。

絹とは逆に、海産物を内陸部に運ぶルートにもなり、宿場町として栄えた町田駅周辺に次々と乾物屋が開業したということだった。

一軒の乾物屋さんに入ってみる。乾物は日常的によく使うので、買い置きはある。今ここで買わないと、と思うものは見あたらないが、何か買いたい。これらは日本中の漁村から、横浜港を通ってこの地にやってきた乾物なのだから。

と思えば心が浮き立つ。

羅臼昆布を買った。1075円。

ロマンスカー好きの友人、Mさんと落ち合った「柿島屋」は、明治17（1884）年創業。絹の道の今昔を見続けてきた老舗《しにせ》である。

維新前後のこのへんの歴史や、「カール」の東日本での販売終了という、妙に明治つながりな話題で飲んでいたのだが、そろそろ帰るか、ということになった。

私は帰りも小田急ロマンスカーで新宿に出るつもりである。途中の登戸で降りなければならないMさんはうらやましそうだ。

券売機を操作していると、Mさんの目が光った。

「ちょっと待て、今〈展望席〉って出たんだけど、なに？　展望席が空いてるの？」

前画面に戻ってみると、最前列4席のうち、真ん中2席が空いている。

別に窓際ならどこの席でもいいやと思っていた私に、

「とりなさい！　普通とるだろう。展望席なんてまずとれないんだよ！」

その剣幕に押されて、最前列をとった。初めてである。

ふと横の券売機を見ると、Mさんが特急券を買おうとしている。

「ちょ……、あんたの家は川崎市だろうが！」

無言で新宿までの指定席をゲットするMさん。

それは、歴戦のロマンスカー乗りとして当然の行為であるらしかった。

展望席最前列、通路側の2席という最高の席に座ったおやじ二人、缶ハイボールで乾杯。

両側の客は、これまた鉄成分の濃そうな若者だった。うしろの席は中国系らしい子連れ家族。はしゃいでうるさくてごめんなさいね。

雨なのが残念だったが、通りすぎる夜の各駅舎にすべりこんでゆくロマンスカー展望ビューはすばらしいものだった。

新宿到着。

Mさんは駅近くで軽くもう一杯やってから、激混みの小田急線急行で帰るという。

オレのせいじゃないけど本当にお疲れさんです、と思った。

(海藻応援マンガ家・吉田戦車)

22 辛くないカレー粉

子供が離乳食を食べはじめたころ、欲しかったのが、完全辛み抜きの「幼児用カレー粉」だ。

大人用のおかずから野菜類をひきあげ、軽くつぶし、小麦粉か米粉でとろみをつけたところに辛くないカレー粉を少量入れ、子供用の一品にできたら。

ずっとそう思っていた。

だがそんな製品は、少なくとも近所のスーパーにはなく、しょうがないのでターメリック、クミン、コリアンダーなどのスパイスを適当にブレンドして、何度か辛くない離乳カレーを作った。が、しょせんは素人の半端なブレンド。娘は食べてくれたが、大人の私が満足のいく風味ではなかった。

この世にはプロがブレンドしたカレー粉というものがあるのだ。その技術を、幼児用に使ってもらうことはできないのか。エスビー食品でいうなら「キッズ赤缶」というようなカレー粉が、あってもいいんじゃないだろうか。

などと考えつつ、子供用カレールウと各種辛くないスパイスを併用して、現在にいたる。

娘はもう、ちょっと辛いぐらいなら食べられる年齢になった。

ただ、魚や肉にカレー粉をまぶして焼くなど、料理のバリエーションを増やすために、辛くないカレー粉があればなー、という気持ちはまだある。

たまたまエスビー食品のサイトを見ていたら、辛くないカレー粉の配合を説明しているページがあった。参考にさせてもらったが、こういう製品もあります、と「甘口カレーパウダー」という製品にリンクが。

なんだと!!

ボトルの形状はスパイス類と同じ、丸いキャップのシリーズの一つだった。知らなかった、見落としていたと興奮し、近隣のスーパー三十軒ぐらいを探し歩いた。新宿のデパートもまわった。

影もかたちも、なし。

すでに廃番っぽい扱いのようだったが、ネットショップでは売られている。15グラム入り税込み286円。送料540円。

5個か10個買って、送料がそれくらいなら、ありか……。

(このへんで、正常な判断ができなくなりはじめている)

悩んでいたら、業務用の袋詰め「カレーパウダーマイルド」というのを発見！　100グラム412円。もしかして同じ製品か？

よし！　と思い、2袋注文。届いた日、さっそく黄色い昔ふうのカレーを、ルウを使わずに作ってみた。

味見をすると、辛い。

え…………。

娘は二口目ぐらいで辛そうな顔をしたが、水を飲みつつ完食した。原材料には「こしょう」とちゃんと書いてあった。

「通常のカレー粉に入ってる赤唐辛子は使ってませんよ」程度のマイルドさのカレー粉だった、のだった。

香りはさすがにすばらしく、少量使う分には重宝しそうだ。

「甘口カレーパウダー」の小びんを買って比較する気力は、もうなかった。

辛くないカレー粉を探す旅が終わった気がした。


（粉末マンガ家・吉田戦車）

「おとなは人生に退屈してるからからいものなんか食うんだよ」
って、なんのセリフだったか…『団地ともお』かな？

㉓ 歯

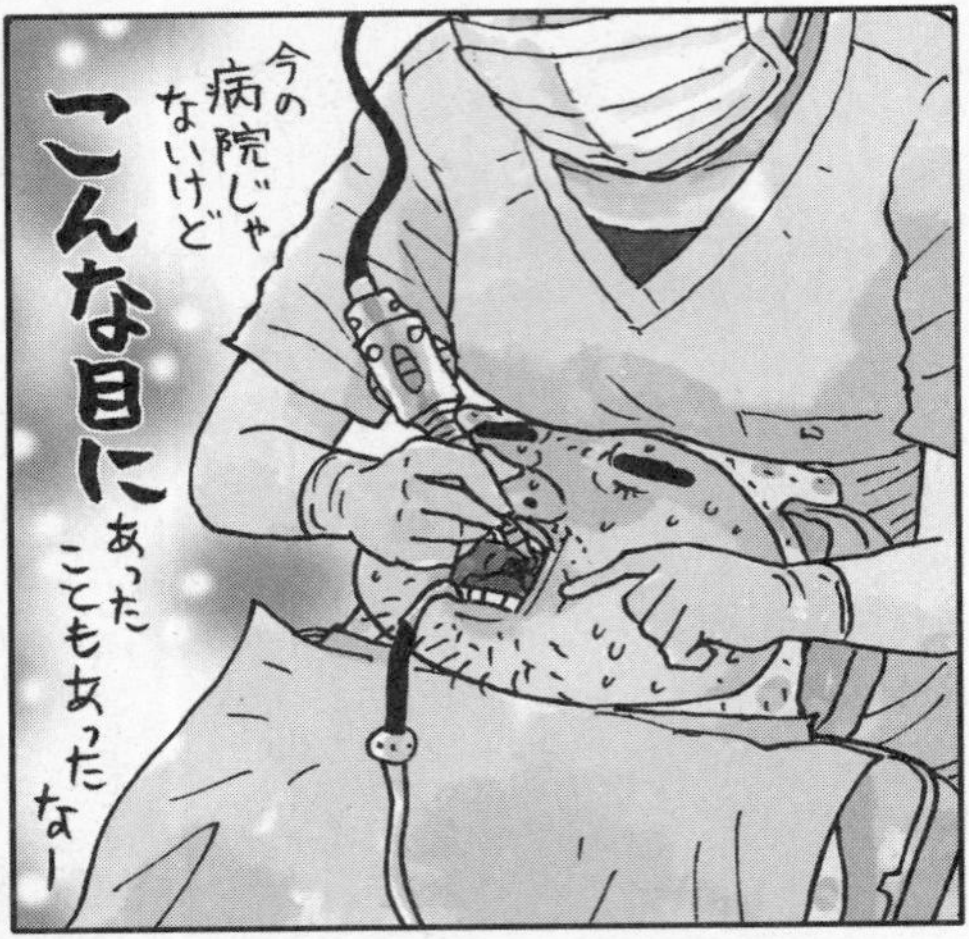
今の病院じゃないけど
こんな目にあったこともあったなー

医療機関にかかることも、医薬品や医師の診察、治療技術を買っているということであり、できれば買いたくない買いものだろう。りっぱな買いが、人間、ガタがくる時はくる。

久しぶりに歯医者に行ってきた。「毎年メンテナンスを」といわれていたのだが、日記を検索すると、もう4年もたっていて、さすがに間があきすぎた。これといった不具合があるわけではなかったが、重い腰をあげた。

1回目、歯石の除去などをして2950円。

その数日後、実家で炒り黒豆を水飴で固めた菓子を食べたら、アメの粘着力で、むかし治療した奥歯の詰めものを持っていかれた。

「入れ歯の人間がなぜこんな菓子を買う！」と両親に文句をいったが、無警戒にガリガリ食べた自分が悪い。

2回目、奥歯の穴を仮ふさぎ。前歯に軽い虫歯が見つかる。2400円。

3回目、麻酔をして前歯の治療。1930円。

4回目、奥歯のかぶせものの型とり。1860円。

5回目、奥歯にかぶせものをかぶせて、治療終了。2760円。

計、1万1900円。合ってるか？

4年分と思えば安い気もするが、毎年診てもらっていれば虫歯などできなかったかもしれず、けずられた歯の分だけ損をした。

私の母は歯科技工士だった。

個人で開業していたわけではなく、歯科医院に長年勤めていた。私も幼いころその歯医者に出入りして、畳敷きの待合室でマンガを読んだりしていたものだ。

それほど歯科医療に身近な環境にいながら、私の歯は幼少時から常にボロボロであり、虫歯の痛みと治療の痛み&恐怖にはさんざん悩まされた。

理由は明快で、歯みがきをちゃんとしなかったからだ。

母に「なぜプロのくせに歯みがきをちゃんと教えてくれなかったのか」と文句をいうと、「プロといっても、入れ歯作りのプロだから」「昔はまだ、正しいブラッシングが確立されていなかった」などと開き直るのだった。

これは自分で身を守らなきゃいかんと、高校生の時前歯の大治療をして以来、まじめに歯みがきをするようになり、時々治療もしつつ、いちおう1本も欠損させずにがんばっている。

虫歯予防医学も年々進歩し、今重点的に指導されるのは「デンタルフロスや歯間ブラシによる歯間そうじ」である。歯周病予防というやつだ。

「買いものが大好きな妻が、ジェット水流で歯と歯茎をケアする機械を買って使っているのですが、あれでもいいですか?」と、歯科医の先生に聞いてみた。

「使う意味はありますが、フロスのかわりにはなりません」

なるほど、と反省し、めんどくさくてついサボりがちになってしまうフロッシングを、1日おきぐらいにはするようになった。
歯医者では「毎日やってね」といわれたが。
ともあれ、購入した貴重な虫歯予防の知識である。忘れずに使わないと損だ。
（歯磨き1日2回マンガ家・吉田戦車）

㉔ クロスバイク

こんなジャージの人に抜かれてびっくり
↓
アニメ『ガールズ&パンツァー』のグッズかー
（実際はお兄さんでした）
戦車道

自転車はここ数年、前カゴつきの実用車に乗っていて、なんの不満もなかった。

内装3段変速、暗くなると自動点灯するライト。日々のスーパー、ホームセンターめぐりに頼りになる、実直な相棒である。

だが、それ以前はずっとクロスバイクに乗っていたので、毎年春になると多摩川サイクリングロードなどをすいすい走った記憶がよみがえり、物欲がうずくのだった。

5月の終わり、ついに私はその物欲に従い、クロスバイクを購入した。

1カ月ほど自転車店を回ったり、WEBで調べたりして楽しく迷う。

予算は5万円前後。

街の駐輪場に気軽に置ける自転車じゃないと日常使いできないので、高額すぎる自転車は選択肢からはずれる。

型落ちの値引きなどあって4万ウン千円の自転車に決める。

ロードバイクのドロップハンドルに憧れはあるけれど、またフラットハンドル車。

買う前は、前カゴかリアキャリアをつける気満々だったが、実車を手にして、12キロ弱という軽さに感動し、余計な重量を加えるのはやめた。スタンドだけつけた。

片手でヒョイと持ってちょっとした階段をのぼりおりできる軽さは、実用車にはないものだ。ネコ2匹分よりは重いが、小学2年生よりはぜんぜん軽い。

だがしかし、久しぶりに前傾姿勢で乗ってみて、その乗りづらさにおどろきもした。

「ぜ、前傾姿勢って、こんなに前傾するものだっけ？」

首が痛い。少し乗っただけで手のひらが、尻が痛い。

クロスバイクにもいろいろあるわけだが、今度のやつはどちらかというとロード寄り。以前乗っていたものはどちらかというとマウンテンバイク寄りだったことを思い出した。

「これくらいがベストポジションですよ」

自転車屋さんにそういわれれば従うしかないのだが、「失敗」の二文字が脳裏をよぎる。

一般人にとっては、実用車のなんのストレスもない乗車姿勢こそが正しくて、自転車競技的な乗り方は「健康のために、ジョギングじゃなくて全力疾走をするようなもの」じゃないのか、と思ったり。

ボヤいても仕方ないので「首、手のひら、痛い」などと検索する。

慣れるしかない、できるだけ手に体重をかけない乗り方をするしかないとわかった。サドルを前に出すなど微調整をして、少しずつ距離を伸ばしていくうちに、まず首が慣れた。手と尻は、さすがに20〜30キロ走ると痛くなってくるが、慣れつつあるといっていいだろう。

長時間乗るための目的として、私の生活圏にはない「山田うどん」（埼玉県を中心とするチェーン店）に昼飯を食べに行ったりしている。

6月からの5カ月で18回。埼玉県民か、と思うくらい通っている。

平日昼のお客さんは作業着の人やトラック乗りの人などが多く、汗ビショおやじでも入りやすいのだった。

（尻に汗染みマンガ家・吉田戦車）

買いもの その後

週刊誌の仕事がはじまると、1日2〜3時間自転車に乗る、という遊びはなかなかできなくなり、今はたまに買いものや昼ご飯で、近所を小一時間乗る程度。

「山田うどん」訪問は、三十数回でストップしている。

前に回して荷物をとりだしやすい
服は着るのがベスト！
このストラップで安定感UP

25 メッセンジャーバッグ

新しく買った自転車に、前カゴやリアキャリアをつけないことに決めた私。

自分にとって自転車に乗るということは、「酒や野菜や猫のトイレ砂などを買いにいく」ことでもあるから、本当は前カゴがあったほうがいいのだ。

が、つけないことに決めた。

そうなると、買ったものを何に入れるか、という問題が出てくる。寒い季節ならデイパックでなんの問題もないのだが、夏はもとより春秋であっても、長時間自転車に乗れば背中はそれなりに汗で濡れるのだった。

それを軽減するためにどうするか。ブログなど読むと、スポーツ車乗りのみなさんがいろいろ工夫していらっしゃる。

・背中が蒸れない機能があるデイパックを使う。
・フロントバッグ、サドルバッグ、フレームバッグなど車体とりつけ収納を使う。
・ウエストバッグ、ヒップバッグといわれる種類のものを使う。
・メッセンジャーバッグを使う。

メッセンジャーバッグというのは、自転車で書類などを配送する「自転車便」の人が使うバッグで、機能的にはショルダーバッグと似たようなものだ。

ストラップをぎゅっと締めて背中に密着させる使い方は、ボディバッグにも近い。なんとなくリュックやウエストバッグよりオシャレとされているらしい。

持ってないので、買ってみることにした。

アウトドア系の店で1万円ちょっと。「おニューの自転車関連ならいろいろ買ってよし！」という、たいへん太っ腹な気持ちになっているようで、ためらいなく購入。

各種ポケットが充実しており、小物仕分け欲はたいへん満足したのだが……。失敗したかもしれない。

あたりまえだが、背中に密着させるので、夏場は汗びっしょりになる。そんなこと想像もしなかったのかお前は、と、自分にびっくりだ。

あと、片方の肩にだけ負荷がかかるので、当然長時間乗ってると疲れる。「顧客の急ぎの書類を運んでいるわけでもない、ただのヒマつぶしのおやじなのに…」と、つらい気持ちになってくる。

いずれも「慣れ」の範囲なのかもしれない。使い続ければストレスを感じなくなるのかもしれないが、もっと乗車経験を積むまで、しばらくお蔵入りだ。

けっきょくどうしているかというと、20年ほど前、街乗りMTBに乗っていた時に買ったデイパックをひっぱり出して使っている。かなり薄汚れてヨレヨレだが、いちおう自転車用で、レインカバーまで付属している。使ったことないけど。

背中のパッドの中央部、背骨が当たる部分は溝になっており、空気が通る仕組みである。

「空気が通って欲しい仕組み」というべきか。

20～30分もこげば背中にきっちり汗はかくのだが、これはもう何を背負ってもいっしょ。

「背中びしょびしょ健康法」なのだ、と考えることにした。

（Tシャツ変色マンガ家・吉田戦車）

セレブっぽい女性がこういうふうに
出す感じもあるよねないか？
国産大豆 納豆フェア！
納豆
納豆

26 長財布

夏、誕生日前に、バッグ関係のWEB記事を読んでいたら、「長財布がちゃんと入る」「長財布も余裕で入ります」という記述を見かけた。

そうか、長財布は長いから、それが入るかどうかは大きな問題だ。

バッグから長財布に興味が移り、あれこれ検索してみた。

レビューを兼ねた販売誘導サイトなど多数。日本製手作りともなれば高額商品も多い。

「金運」というキーワードがけっこ

う目につく。

「お札にとって、もっとも居心地がいい場所は、ゆったり体を伸ばせる長財布です」

「居心地がよければ、一度出てもまた帰ってくる気になるのです」

お札の擬人化！

ラフなかっこうのあんちゃんが、ズボンのうしろポケットにズボッと突っ込んでいるような印象があったが、こんながめつい感じにメルヘンな、「お金のおうち」としての長財布ワールドがあったとは。

金運や財布に一家言ある妻の伊藤にその話をすると、「誕生日プレゼントに買ってやろうか？」といい出した。

今までずっと「二つ折り財布」で生きてきた。一度くらい使ってみてもいいかもしれないと思ったので、お願いすることに。

やっぱり実物を見ないと、ということで、いっしょにショップやデパートを回る。

たくさんありすぎて、どれがいいんだかぜんぜんわからない。

「これがいいかも……」と思ったものは、スポンサー様に「うーん」とやんわり否定され、もうどれでもいいような気持ちになってくる。

そして、妻が気に入ったものを、自分も気に入ったような気持ちになり、買ってもらうことになった。ぱたんと折りたたむタイプ、1万円台なかば。安い買いものではないが、これでも安いほうである。

「使うのは7月6日からだからね！」

大安、一粒万倍日《いちりゅうまんばいび》などが重なった、1年でも有数の「何かをはじめるのにいい日」ということだった。そういうのはまったく気にしない人間だが、従うことにした。

7月6日、使いはじめてみたが、小銭入れが絶望的に使いづらい。いくら入っているか確認しづらく、取り出しづらい。

「これは飾り。紳士はジャラジャラ小銭など入れないものですよ」といわれているような感じ。

あと、「革がやわらかく、しっとりと」しているのが売りの商品だったのだが、そのやわらかさは、雑に扱いづらいという欠点にもなった。ふにゃふにゃしていて真ん中から折れそう。

私は、小汚いデイパックに放りこんでガンガン出し入れできる、頑丈な「お金のおうち」を求めていたのだ、と知った。

工事関係者が現場で使うような、あるいは小学生の筆箱のような、実用本位で頑丈な長財布。

それはもしかして、好みじゃないため選択肢に入れていなかった、ファスナーつきの大仰な感じのあれなのだろうか。

買ってもらったやつはとりあえずありがたく使いつつ、理想の長財布を探す旅がはじまった。

（金運マンガ家・吉田戦車）

買いもの その後

このあとすぐ使わなくなり、二つ折り財布に戻した。妻よすまん。よさそうな品物を探すこともしていない。

海外では急速にキャッシュレス社会進行中、などと聞くと、長財布とかに物欲燃やさなくていいよな、と思えてきて……。

小銭いくら入っているのかわかりづらいデザイン

27 ダッフルバッグ

夏休みに鉄道を利用して海水浴に行ったのだが、どのバッグにすればいいか悩んだ。

1~3泊程度の旅行に使うバッグは三つある。リュックが二つ、ボストンバッグが一つ。

一番よく使うのは、グレゴリーの「デイアンドハーフパック」という大きいリュック。容量33リットル。

帰省程度ならまったく問題ない。大きいが、街歩きにも使えるデザインだ。外側にポケットがあると最高なんだけどな。

ただ、今回は海水浴であり、衣類のほかにシュノーケルやマリンブーツや子供のライフジャケットを入れねばならず、妻がスーツケースを一つ使うとはいえ、私ももっと容量が大きいバッグを持つ必要があると感じた。

そこで、今まで所有したことがない「ダッフルバッグ」に目をつけた。

いくつかのメーカーから、50リットルとか70リットルとか、上を見れば100リットル以上の容量のものが出回っている。

「多くの遠征隊に愛用され」などと書かれた製品もあり、男心をそそる。伊豆白浜に行くだけだが。

手持ちのボストンバッグも容量が40リットルあり、これでもいいかなと思ったが、荷物をギッシリ詰めこんだ時、ショルダーストラップで片方の肩だけに荷重がかかるのはきつい。リュックのように背負えるタイプのダッフルバッグは魅力的だ。

遠征隊などというものには参加できそうもない非力なオヤジなので、本体が軽いものを探し、グレゴリーの「スタッシュダッフル」45リットルを購入。ネットショップの割引きがあって8640円。

重量602グラム。軽い。

「45リットルって相当入るよ、うん、入る入る。たった2泊3日なんだから」と考えての選択だ。

懸命に仕事をかたづけ、出立前夜、妻子と荷造りをする。

……45リットル、あっという間にぱんぱんに。

妻は当初、私のおニューがあるなら1~2泊用の小さいスーツケース&小リュックでいいかと考えていたようだが、おニューのぱんぱんっぷりを見て、意地悪な顔になった。

「残りの荷物、私のほうに入ると思うか」

首を振る私。

「ちゃんと『FLASH』に書くように!」

舌打ちしつつうれしそうだ。

けっきょく妻はスーツケースを海外旅行用のでかいやつに変更。海水浴グッズはあっという間に収納され、ぱんぱんのダッフルバッグもいくらかしぼんだ。

おニューの45リットルダッフルの使い勝手はとてもいい。

ポケットは外側に一つしかないのだが、基本、スーツケースと同様に、宿や合宿所やベースキャンプに置いておく、持ち歩かないバッグなので、小分け袋をいくつか使えば整理に問題はない。

いつも街歩きに使っているショルダーバッグも持ったので、サイフやスマホの出し入れはそっちでいいわけだ。

…だからこそ、その上の65リットル（1000円ぐらいしかちがわない）をチョイスしなかったことを、海水浴場で砂を掘りながら悔やんだ。

遠征隊隊長になりそこねた、と思った。

（海水マンガ家・吉田戦車）

28 カール

前にも書いたが(91ページ)、「明治カール、東日本で販売終了」のニュースが流れた時、それほどショックは受けなかった。

少なくとも、スーパーやコンビニに走ることはしなかった。もう自分で買うことはなく、きらいではないけど、ファンというわけでもない。何年も食べていない気もするし、いや割と最近どこかで口にした気もするぞ……、それくらいの立ち位置にカールはいた。

だが、販売終了がせまる中、日に日にあの味と食感の記憶はよみがえり、スーパーの、かつて並んでいたあたりの棚を見にいっては、売り切れを確認してションボリするようになっていた。

夏に販売終了というのは、とてもカールらしいと思うのだ。

私は8月生まれなのだが、小学生のころ、友達を呼んで開いた誕生日会や、あるいはお盆にいとこたちが集まる祖父母の家に、たぶんカールはあったな、と思うからだ。

今後どうなろうとおじさんはあの世界で暮らしつづけていくのだろう
収穫中

もちろん季節に関係なく、同級生が集まっておやつを食べる場所に、かっぱえびせんやポッキーなどとともにカールはいたと思う。友人のアパートで酒を飲む歳になれば、そこにもかなりの確率でいたような気がする。

三橋美智也のCMソングとともに、少年時代から青年時代を彩ってくれた菓子といっていい。

7月の終わり、近所の小型スーパーに入荷しているのを見かけ、ドキドキしながら4袋買った。

買い占めたりはせず、もちろん何袋かは残したが、4袋は明らかに

「ノスタルジーおやじの駆け込み買い」である。

さいわい店の人に「4袋も……」とつぶやかれるようなことはなかった。

2袋は自分ち用に、2袋はお世話になっているお宅へのお中元とした。

喜ばれたが、翌日、そこの旦那の実家が大阪だったことを思い出し、かなり本気で後悔した。

その後、海水浴に行った伊豆下田のコンビニでもカールを見つけ、日焼けした若者たちに奪われる前にあわてて2袋買い求めた。

といっても若者たちが、「やべ、カールあるじゃん！」などと目の色を変える気配はまったくなかったのだが。彼らにとってこの手の味でなじみなのは〈うまい棒〉なんだろうな。

宿で、初めてカールを口にする小2の娘が、1袋の3分の2ぐらい食べた。ふだんあまりスナック菓子慣れしていないせいもあるだろうが、明治製菓（現・明治）の人たちにお見せしたいような食べっぷりだった。

YouTubeでカールおじさんのCMを見せる。

なつかしく思いつつ、この、きわめて昭和なイメージで売ってきた商品が、平成29

（２０１７）年に生産縮小するのは、無理もないことのような気もするのだった。

今後、西日本に旅した時、みやげにカールを買うだろうか。

おみやげにはしないかもしれないが、コンビニで水や酒といっしょに買い、ホテルでさくさく食べる可能性は高い気がするな。

ともあれ、ありがとう、カール。

今思い浮かぶのは、そのひとことだ。

（チーズあじマンガ家・吉田戦車）

1970年代
♪それにつけてもマサコにシーロウ♫
人の親の名前を入れ込んだかえうた→
やめろ

買いものちゃん②
「ぐんてとくよう5セット」…
チョコせんべい
麦茶
特価
「つめかえしょうしゅうざい」…
「とくばいマグロのアラ」とー
「スペインさんにんにく」はどこですか？
××スーパー
カレー
え…はいはい
やったーー うちの子の「初めてのおつかい」大成功ーーー！
××スーパー
スゴーーイ おつりとレシートもかんぺきーー♡
買うものが武骨すぎる！
せっかくの初めてなのにーー！

厚揚げのおすすめは絹ね
……それは絹のほうが売れ残ってるからではご主人……

29 豆腐屋さんの豆腐

子供のころ、近所に豆腐屋があり、よく「おつかい」をしていた。

おそらく小学2、3年生。店内のおぼろげな記憶がなつかしい。

豆腐屋のおじさん、おばさんは、子供がおつかいに行くとアメをくれた。

くれるというご近所コドモ情報を得て、自分から「買いに行く」と言い出したのかもしれない。

アメは「バターボール」だった。小分け包装された、黄色いやつ。その後数十年、まったく口にしていないな。

アメ目的のおつかいはそれほど長くは続かなかった。

何かの選挙にからんで、ということだったと思うのだが、豆腐屋のおじさんが、ふだん売っていない特製の豆腐をうちに持ってきたことがあった。

今思えば大豆の使用量が多かったのだろう。ずしっと重くて味が濃く、うまかった。それは賄賂とはいわないまでも、なんらかの特別な「ごあいさつ」であったようで、親はむずかしい顔をし、あまり買いに行かなくなり、やがて閉店してしまった…ような記憶がある。

底に小判が敷きつめてあったわけでもなく、なんだか素朴ないい手みやげだよな、と今となっては思う。

次の豆腐屋通いは、高校を卒業して上京後である。

初めて一人暮らしをした三鷹市下連雀《しもれんじゃく》のアパートの近所に豆腐屋があり、たまに買っていた。今も営業しているようで、すばらしい。

スーパーでもっと安い豆腐は買えるが、「豆腐屋さんの豆腐はうまい」という、幼少時からの思い込みがあった。というか、実際おいしかったのだ。

次に暮らした東京都町田市のアパートの近所には、近くの豆腐屋から仕入れたフレッシュな豆腐を置いている酒屋があり、アルコール類とともによく買った。

ちなみに、どちらかといえば「もめん派」で、そのころのメインの食べ方は「けずりぶしと醤油だけ」という、漢《おとこ》冷奴だった。

その後あちこち転々と引っ越したが、豆腐屋とは縁が薄く、豆腐はスーパーで買うものになっていった。

町の豆腐屋さんが次々と姿を消してゆくのと連動していたのかもしれない。それでも、東京はまだ残っているほうだと思うが。

今暮らしている町には、自転車距離に一軒豆腐屋さんがある。

おいしいんだけど、利用はせいぜい年に一度か二度。

年配のご夫婦でやっているので、「いつなくなってもおかしくないな……」という懸念はあるのだが、買いものの動線からはずれており、なかなか足が向かない。

スーパーで一般的な豆腐を買って、特に感動もなく味噌汁や鍋に入れているのだが、若いころの、豆腐と正座して向かい合うような食べ方を思い出すと、やっぱり町の豆腐屋さんの豆腐も買わなきゃいかん、と思う。

小学生の娘も連れて行っておくべきかもしれない。
毎朝1日分を仕込んで売る個人豆腐店のたたずまいを、記憶に残してやりたい。
（大豆イソフラボンマンガ家・吉田戦車）

30 ジムサック

冬になれば多量の発汗もなく、クロスバイク乗車時のカバンは、背中の通気性など特にない普通のデイパックでOKになる。

なるのだが、より身軽な他のバッグを使いたい時もある。

ウエストバッグだ。

大きめのウエストポーチ的な、サイフ、スマホ、折りたたみ工具（買った。1660円）など入れたうえで、500ミリリットルのペットボトルが入ってまだ若干余裕がある。そういうサイズ。長年使いこんでヨレヨレだが、まだ使える。

自転車のフレームにボトルホルダー（792円）をつけたので、ペットボトルをバッグに入れる必要はないし、そうなると、干しワカメ1袋とか塩鮭1パックぐらいなら腰につけて持ち帰ることも可能だ。

バッグが重くなり、下腹の締めつけがいやになったら、ななめがけにすることもできる。小さいので、片方の肩にだけ荷重がかかるのもさほど気にならない。

ただ、そこに収まらないものを買いたくなることがけっこうある。

雑誌とか新聞とか、大根とか酒とか、走りながらいろいろ買いたいものを思い出してしまい、やっぱりデイパックにすればよかった、と思うことがたびたびある。

そんな買いもの好きカゴなし自転車おやじの目に飛びこんできた商品があった！

場所はスポーツ用品店。

たまにアウトドアコーナーに、「何か欲しいものなかったっけ」と見に行く店だ。

ふだんはまったく足を向けない、

バスケ、サッカーなど球技系コーナーを、見るともなしに見ていると、「袋もの」コーナーが目に入った。一つ手にとってみる。

ジムサック、というらしい。

運動部員がユニフォームや道具をざっくり入れて登校し、汗や泥で10倍ぐらい重くなったのを詰めて持ち帰る。そんな用途の袋のようだった。

中に品物を入れてヒモをきゅっと締める。ただの巾着袋ではなくて、ヒモが左右に分かれており、背負えるようになっている！

小学生のころ「ナップサック」と呼んでいた、アレだ。

しかも一番シンプルなものは、かなり薄く折りたため、ウエストバッグにも余裕で入るぞ！

さっそく買った。972円。運動部用グッズを買うことに、なにやら若返るような喜びがある。

そして、さあ買いものの本番だ。

日本酒4合、塩鮭、インゲン、キュウリなどを買い、ウエストバッグから出したジムサックに詰めていく。まったく余裕。

背負って自転車をこいでみると、さすがに背中にゴツゴツあたるけれど、左右にずれて困るということはない。腰の上あたりにちゃんといてくれる感じ。ヒモが肩に食いこむし、長時間だといやだろうが、20～30分くらいならなんとかなる。

これはいい。

自転車を身軽に乗り回して、帰りに近所の店でお買いもの、という場合に、ウエストバッグ&ジムサックはすばらしい。

いい買いものをしたね、オレ。

（いちおう元運動部マンガ家・吉田戦車）

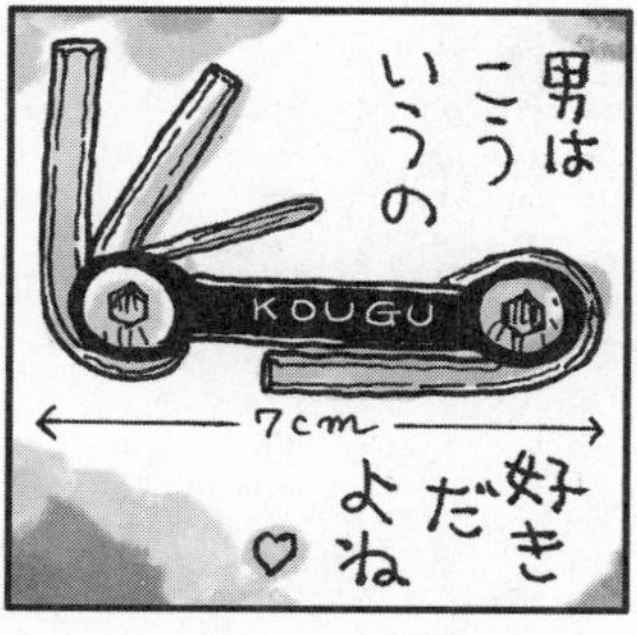

31 ミレニアム・ファルコン

キャリー・フィッシャーの
訃報には泣いた……
「オレ
こんなに
レイア姫
好き
だったのか！」
って思った
早すぎる…

『スター・ウォーズ』第一作が日本で公開されたのは1978年。私が中学3年生の時のことだ。

米国公開から1年たっていて、雑誌で関連記事を読みあさり、よだれがたれそうな状態になっていた。「もうやってるはずだ」と、謎の勘違いをして、住んでいた水沢から1時間電車に乗って盛岡まで行ったものの、まだやっておらず、仕方なく東映の便乗映画『宇宙からのメッセージ』を観たりした。

後日、今はない地元の映画館「SYロマンス」で無事鑑賞。

一番ああいうのを喜ぶ年ごろにリアルタイムで『スター・ウォーズ』を浴びた。

なけなしのこづかいをためて買った関連商品は、サウンドトラック（LPレコード）と、主人公たちが乗るXウイング・ファイターのプラモデル。ちゃんと色を塗って汚して仕上げた。

マニアやオタクというほどではないが、続編も公開されればすぐに劇場に観に行った。

2015年、新作『フォースの覚醒』公開と前後して、バンダイから『スター・ウォーズ』メカのプラモデルが続々と発売され、久しぶりにプラモというものを買った。憧れのミレニアム・ファルコン号。購入価格3518円。

それから2年たって、新たな続編が公開されたのに、それはまだ箱のまま、まったく手をつけていない。

なんというか、マンガを描くということが、私程度の絵であっても、毎回ジオラマを作っているような細かい作業なわけだ。

とてもじゃないが、仕事が終わったあとに、さらに趣味で細かい作業をする気にはなれない。しいて言葉にすれば、そんな感じだ。

ミレニアム・ファルコンは、もう二つ買った。

トミカのミレニアム・ファルコン。534円。

トミカだから車輪がついていて、走らせることができてかわいい。

そしてクレイジー・ケースという、ミントタブレットの容器が収められるようになっているオモチャのミレニアム・ファルコン。720円。

これがなかなかのすぐれもので、劇中のワープ突入音と、失敗音を鳴らすことができる。トミカより二回りほど大きく、モールドも細かい。

ひっくり返すとタブレットケースが入る空洞がポッカリあいているのだが、それは見て見ぬふりをしつつ、プラモデル用のグレーのマーカーを買って、全体に汚しを入れたりして愛玩した。

『フォースの覚醒』で、ミレニアム・ファルコンが登場するシーンでは「よし!」と声が出た。他にも何人か、そういうおじさんたちがいたよ。

私にとって『スター・ウォーズ』シリーズは、いつのまにかミレニアム・ファルコンを愛でるための映画になったようだ。

ジェダイもフォースも、すべてがミレニアム・ファルコンを観るための脇役にすら思える…、といったらいいすぎかもしれないが。

プラモ作れよ、とも思う。

（シスの暗黒マンガ家・吉田戦車）

買いもの その後

プラモは積まれたままだが、その後スター・ウォーズ関連商品では、外伝シリーズ『ローグ・ワン』に出てきたロボット「K－2SO」の塗装済みフィギュアを買った。デザインもいいんだけど、好きなんですよ、彼の性格が。

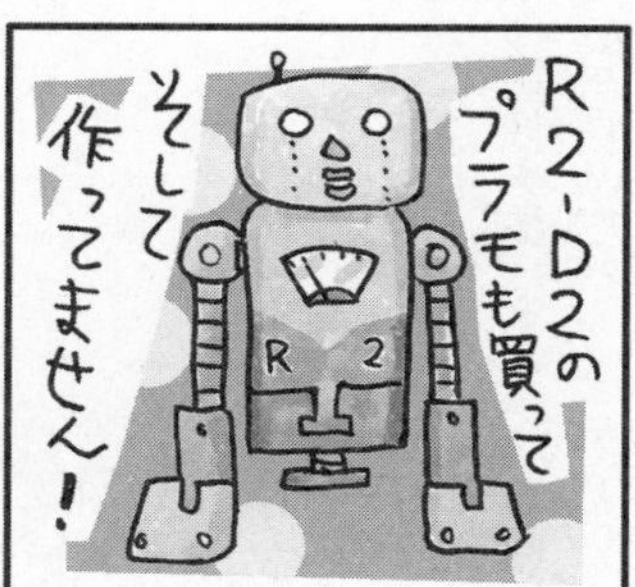
R2-D2のプラモも買って
そして作ってません！

32 ハンドスピナー

2017年を代表する流行りものといえば、これだろう。

春ごろに新しもの好きの人がツイッターに画像をあげていて、ちょっと気になっていた。

だが、もう小中学生でもなく、「おれ買ってもらったぜ。まだ持ってないの？　遅れてるー！」などという憎らしい同級生はいないわけで、それほど物欲はあおられなかった。

夏の初めに「そろそろ買ってみてもいいか」と、ネット販売サイトのレビューなどを読みはじめた。

でも、こういうのを通販で買うってのもなあ、と、購入ボタンは押さなかった。オモチャ屋や駄菓子屋の片隅で出会いたいような、そんなものだよな、と思った。

7月の終わりごろ、家電量販店のオモチャコーナーをのぞいてみたら、あった。「ついに出会ってしまったな」と思い、一番安い、410円（税込み）の黄色いやつを購入。

プラスチック製で、重りとなる3カ所が金属。安っぽさを隠そうとしない素朴な見た目で、410円は納得のお値段だ。

家に帰って、さっそく指で回してみた。

よく回る。

指にはさんで回し、そこから親指を離して、指の上で回す。

床に置いて床で回す。

できることといったらせいぜいそれくらいで、楽しいような気もするし、どこが楽しいのかわからない気もする。

そもそも「そういうヒマつぶしの手遊び道具である」と、どの紹介記事にも書いてある。

ネコが興味を示し、やたら手や鼻先を出してくる。回転に当たっても痛くはないようで、飽きずに邪魔をしてくる。

こっちが先に飽きた。

2日後、今度は書店のレジ横で遭遇。

「HYPER合金製　ハンド・スピナー」。A5の紙ケースに入っていて、1080円（税込み）。

買うしかあるまい。

さすがは書店販売仕様、「ストレス解消」「脳トレーニング」「禁煙促進」「集中力アップ」「指先運動」などなど、健康本好きの中高年向けと思われる、様々な販促文字がおどっている。

さらに「高品質&高回転ベアリング使用」「回転を加速させる重量感ある合金製」とあり、高スペック好きにもアピール。

帰宅して黄色いのと交互に回してみると、やってることは同じなのだが、材質とサイズがちがうので、回転の微妙な差がおもしろいといえばおもしろい。

ネコの他に、今度は小2の娘が興味を示した。

そりゃあ、示す。

貸し与えると、気に入ったようで、いつも一人でやっている「魔女だかプリキュアだかごっこ」の世界にさっそく取り入れ、アイテムとして活用しはじめた。

重ねて回したり、離れたところで回して「そっちが止まったら、世界が危ない！」と叫んだり、その応用っぷりはさすがである。

中年のストレス解消や集中力アップ目的よりは、ハンドスピナーも回され甲斐があるだろうと思い、おとなしくメイン使用権を娘にゆずり渡した。


（手なぐさみマンガ家・吉田戦車）

モデルのうしろで
回ってるけど
モデルは無視、
という感じの
グラビア見たい

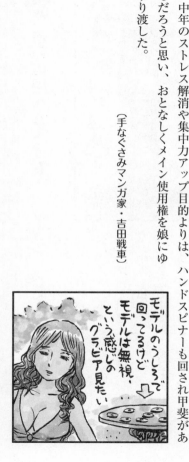

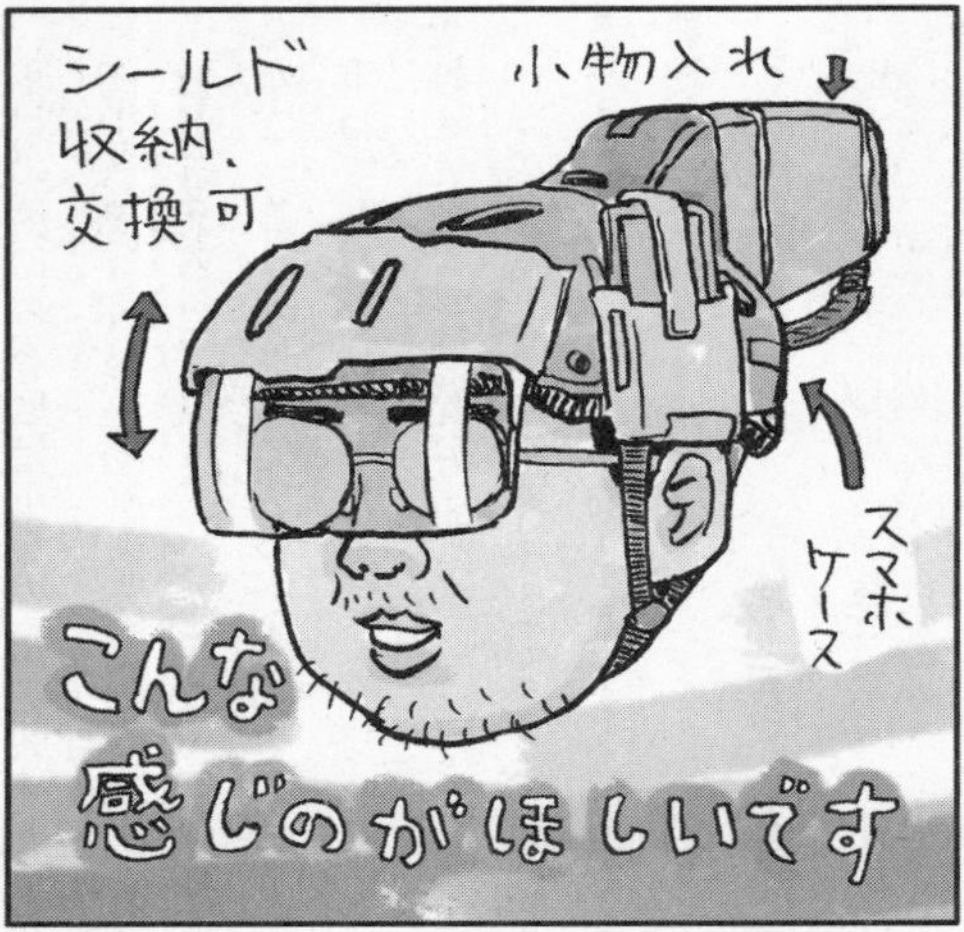
シールド
収納、
交換可
小物入れ
スマホ
ケース
こんな
感じのがほしいです

33 自転車用ヘルメット

クロスバイクに乗りはじめてすぐ、ヘルメットが必要なことに気づいた。路面と頭部との距離が近く、スピードも出る。

車道の路側帯や路肩を走れば、自動車がギョッとするほどすぐ横を追い越していくこともたびたびだ。ノーヘル頭部の無防備さに気づき、ひやっとする。

逆に自分がドライバーだったら、「そこのチャリ、たのむからせめてヘルメットを……」ということも当然思うだろう。

これはもう、オートバイにヘルメットが必須なのと同じレベルで必須だ、と思い、さっそくネットで購入。

「OGK Kabuto」のサイクリングヘルメット。5000円ぐらい。「初めてヘルメットを使う方でも気軽に使える」と書いてあり、それオレだ、と思って決めた。

自転車用ヘルメットのレビューを読むと「転倒したことがありますが、ヘルメットのおかげで助かりました」という人を何人か見かけ、背中を押された。レビューとして正しく機能している。

降りた時などかさばるし、ちょっと面倒だが、すぐに慣れた。

空気が通りぬけやすくできているため、帽子より涼しく快適なくらいだ。

自転車ヘルメット先輩である小2には「なにこれお父さんの？　カッコいい」といわれたが、カッコよさなどどうでもよく、「自分の乗車技術など、自分は絶対信じない」という思いでかぶっている。

困ったのは「日よけ」である。

日差しが目に入れば、当然まぶしい。

多少は日よけが期待できるMTB用のバイザーつきヘルメットもあったのだが、ついてないのを買ってしまった。

ロードバイク用ヘルメットの人は通常サングラスを使うわけだが、メガネをかけているし、サングラスのためだけにコンタクトレンズにするのも面倒だ。

かつてスキー用に買った、メガネにクリップでとめる偏光レンズや、メガネの上からかけるオーバーサングラスをひっぱり出して使ってみたが、なんだかごつくて重い。なにしろ十数年前に買ったものである。

同メーカーの「ビットバイザー」という、ヘルメット用の帽子のツバを買ってみた。1170円。キャップのツバのようにたのもしい大きさではないが、ないよりはマシである。

マシではあるが、やはり目に日差しが入りやすく、「これは紫外線対策になってないな…」と思うことも多い。

けっきょく「SWANS」のクリップオンサングラス（2005円）と、かなり値引きされていたメーカーもよくわからないオーバーグラス（988円）を購入。

どちらも昔のスキー用とは違い、格段に軽い。

メガネの上からかけるオーバーグラスは、かけ心地はいいが、やや暗すぎた。クリップオンのほうは明るいレンズを選んだのでノンストレス。これ当たり。なにかと出費がかさむが、いろいろ使って、くたびれはじめた頭や目を守らなければならない。

（頭蓋骨脆弱マンガ家・吉田戦車）

買いもの その後

近所ばかり走っていると、なんとなくヘルメットははしょることが多くなってきた。帽子をかぶって乗る。

路肩を走行することもあり、危険度はまったく変わっていないわけなので、いかんいかん、とは思っています。

㉞ 手袋

★5つレビュアー君(想像図)
コスパさいこう
期待どおりでした!
ホーム

クロスバイクを買ってしばらくは、あちこち遠くに行けるのがおもしろくて、毎日のように乗り回していた。今日は西武ドーム、翌々日は戸田競艇場、などと、素手で実用チャリと同じ気分でそんな長距離ライドをしていたら、手のひらを痛めてしまった。

はい、アホです。

シロウトの前傾姿勢で手に体重をかけすぎ、「尺骨管《しゃくこつかん》」というところがやられたらしい。小指と薬指がしびれ、握力が低下する症状が出た。

すぐに、手のひら部分にパッドが入った、指なしのサイクリンググローブを買った。はめた瞬間、原作マンガもテレビドラマも大好きだった『スケバン刑事』を思い出した。

ヒロインの麻宮サキが、武器である重合金製ヨーヨーをキャッチする衝撃をやわらげるためにはめていたのだ。

「薄い鉛板と羊皮を何重にも縫いこんだ強化手袋」らしく、カッコいい。

この歳になってあれのコスプレ気分を味わうとは思わなかった。

自転車用の手袋なんてものを買ったのは生まれて初めてだったが、はっきりと運転が楽になった。今ではないと心細い。

その後3カ月ほどかかって、手はなんとか治った。

11月に入ると、今までいらなかった手袋の「指先部分」が欲しくなった。

指先が冷たくてつらいからだが、そこだけ買い足すわけにもいかない。売ってない。

そこで冬用のグローブを買うことにした。ショップに行くのが面倒で、ネットに頼った。

ネットショップの「☆いくつ」は信頼できる場合とできない場合がある。

今回は信頼して失敗した。

レビューでおおむね好評に見えた、1000円ぐらいのその手袋の現物は、ダサかった。

黒地に赤のワンポイントから「カッコよさ」を表現することのむずかしさが漂ってくる。

店頭で手にとっていたらまず買わない。はめ心地も微妙である。

ネットの画像がウソをついているわけではなく、私の目が節穴だった、というしかない。

何やってんだ…という反省とともに、何回か使ってはみたけれど、お蔵入り。

かわりにひっぱり出したのは、前年買った普通のニットの手袋。

スマホ対応らしいが、タッチパネル操作成功率30パーセントぐらいのユルいやつだ。

風はスースー通るけど、東京での2~3時間の自転車乗りにはこれでじゅうぶんだった。

冬の自転車にしろウォーキングにしろ、距離をかせぐうちに手袋が邪魔になる瞬間がある。

それが快感だ。

体が温まり、その熱がじわじわとかじかんでいた手指に到達し「暑っ、もういらん！」と手袋をはずす時が、とても気持ちいい。

足が生み出したエネルギーが、末端の指先に達する。

「エネルギー充塡120パーセント！」という、あのフレーズを思い出す。

出るのは波動砲じゃなくて手汗だが。

（30分番組大好きマンガ家・吉田戦車）

ヨーヨーがなかったので
ケン玉を持ってみました
今じゃマッポの手先

35 スキー

ワイン
しょってって
山の上で
乾杯
なんて
バブリーな
ことも
したな
※若い頃1.2回だけ。
その後は飲酒スキー自制。

最近おニューのスキーを買ったわけではない。

ずいぶん昔に買ったスキーが、今も物置につっこんである。

毎年何回かスキー場に通っていたのは、ざっくり20代後半〜40代中ごろまで。

バブル期の映画『私をスキーに連れてって』の影響で、友達がみんなスキーをしていて、私もその中にまざった。

すぐにバブルは崩壊したが、なん

となくスキー場通いは続いた。

「あんなに何十分もゴンドラ待ちしていたのに、今はこんなにスムーズに……」というゲレンデスポーツの浮沈を、しんみり体験した。

私は北国の生まれ育ちだけど、子供のころスキー場に行ったのはせいぜい2、3回。平野部の学校だったので、体育の授業でスキーなんてこともなかった。

30歳近くなって本格的にはじめたスキー、最初はヘタだったが、地道に続けるうちに、なんとか上級コースをゆっくり滑り降りられるくらいにはなった。

同時期に流行りはじめたスノーボードに手を出さなかったのは、スキーでいっぱいいっぱいだったからである。

きらいではないのになぜ行かなくなったのかというと、妻の伊藤理佐（長野県原村出身）がスキーをやらない人間だったからだ。

厳寒の土地の冬の体育で、小中学校の9年間スピードスケート漬けにされた人間としては、わざわざ何時間も車や列車に乗ってスキーだなんて、都会者の道楽、寒いのにほんとご苦労様、みたいな認識であるようだった。

それを引きずってスキーに行ったこともあるが、向上心も熱意もなく、子供が生まれてからは子供とソリで遊んでいるばかりである。

一人で黙々とリフトに乗っては滑り降りる、心がぜんぜん浮き立たない行為をくりかえしながら、「スキーが楽しかったのは、同レベル前後の友人たちとワイワイ滑っていたからなんだな……」と、長野県の富士見高原スキー場で思ったことを思い出す。

最後のスキーから数年たった。行けば子供は楽しいはずだが、妻とスケジュールをすり合わせて1〜2泊のスキー旅行を企画する意欲は、もう私にはないのだった。

物置でほこりをかぶっているスキー板は二代目で、けっこう使ったという意味では買いものとしてけっして失敗ではない。

ただ、後半は「自分の板じゃなきゃいやだ」というこだわりが薄れ、板とストックはレンタルを利用していた。

最後は靴もレンタルでいいや、ということになった。

物置に行くたびに「これ、もう捨ててもいいやつだ」とは思うのだが、それは今じゃなくていいか……と先送りにしてしまうのは、楽しかった様々な思い出がしみこんでいる気がするからだろうか。

それが「もう乗らないクルマ、バイク」などだと、家族の視線が痛かったりするのだろうが、スキー板ぐらいなら大丈夫だ。
こんな感じで、多くのお宅の収納場所の暗がりで、使われなくなったスキー板は静かにまどろんでいるのかもしれない。

（スーパー大回転マンガ家・吉田戦車）

スキー女子が
二・三割
キレイに見える
現象もなつかしい

㊱ ザ・鉄玉子

マンガ家、編集者、デザイナー、ライターなどの有志と、東日本大震災のボランティアのために岩手県に通いはじめて6年が過ぎた。

2017年10月にも十数名で行ってきた。

瓦礫撤去や援助物資仕分けなどの作業がとっくに終了した今、何をしに行ったのかというと、こんな感じ。

・2011年に瓦礫かたづけの手伝いをした釜石市のお宅にお邪魔し、近所の人たちと宴会。申し訳程度に草むしりをし、海のものをたらふくごちそうになる。
・「大船渡温泉」に泊まり、宴会。
・陸前高田など各地の復興の様子を車中から見学。
・盛岡に移動し、音楽祭的な小イベントに参加。似顔絵チャリティと壁画描きをする。
・岩手山中腹の「休暇村 岩手網張《あみはり》温泉」に泊まり、宴会。
・県庁訪問。県知事、副知事にごあいさつ。

等々と、盛岡の復興支援団体「SAVE IWATE」さんに、マンガ家の団体を役立てるべくいろいろ企画運用してもらうわけだが、宴会をしに行っているともいえる。

そんな道中で何をおみやげに買うかというと、「海藻」が定番になってきた。軽いから。

魚介類や酒をまとめて宅配便で送ることもあるが、カバンにつっこんで移動するには乾物が一番だ。

年齢的なこともあるだろう。うまい刺身や焼き魚に感動しつつ、その横につつましく並んでいる「めかぶ」にホッとする。

ホテルの売店で、碁石海岸沖の昆布（80グラム）、ワカメ（35グラム）がともに500円。

大船渡市の碁石海岸や、陸前高田市の高田松原は、県南内陸部の奥州市で生まれ育った私にとって、夏休みの記憶と結びついたなつかしい海だ。

東京でも三陸の海藻は買えるが、目の前の絶景の海からザバザバあがって干されたばかりと思えばありがたみがちがう。

そして網張温泉。魑魅魍魎《ちみもうりよう》から土地を守るため、蔓草の網を張ったというステキな言い伝えがあるという、その旅館の売店で何を買うかは少々迷った。

最終日であり、多少重いものを買ってもいいだろうと、減塩対策醤油「いわて健民」（200ミリリットル・324円）と、南部鉄器の「ザ・鉄玉子」（250グラム・1080円）を買った。

健康のことばかり考えているようでなんだか情けないが、健康あってこその宴会…じゃなくて支援である。

鉄分補給のため鍋やヤカンに入れたりする鉄玉子は、奥州市のメーカーのもの。昔からあるのは知っていたが、初めて買った。

妻の父が黒豆などを畑で作っていて、毎年送ってくれる。黒豆なのにいつもこげ茶色に煮あがり、なんとかしたいと思っていた。

黒豆を黒く煮るためには鉄分が有効というので、正月用に鉄玉子を入れて煮てみた。おー、本当にいつもより黒く煮えたぞ。

色出しは釘でもいいらしいが、買ってよかった。持った時の「かわいいズッシリ感」とでもいうような重量感が得がたい。常にポケットに入れて持ち歩きたくなる。


（球形鉄フェチマンガ家・吉田戦車）

37

正座イス

MG 1/100 プロトタイプ…ごにょごにょ…でございます
つけ焼き刃でよく覚えていないJD

ある大学の茶道部の茶会に出席することになった。

上の子供が関わっているからである。

2016年に初めて体験した時は、なるほどこれが茶道か、と興味深く思いつつ、一番の感想は、

「正座、つらい！」

というものだった。

30分前後、畳の上に正座し続けることは、茶席の趣向を楽しむどころではない苦行であった。

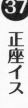

冗談ではなく、江戸時代の拷問「石抱き」のことなど思ったりしていた。「超キツそうなあれに比べたら、この程度の痛みなど…」お茶をたててくれる学生さんも、目の前の客が石抱きのことを考えて苦痛をまぎらわしているとは、想像もしていないだろう。

部活で剣道をやっていた時は、畳ですらない、板の間に正座していた。最初は地獄のように思えたが、割とすぐ慣れた。

だから、それから数十年たったおじさんの体でも、1カ月ほど、毎日数分ぐらい正座をしていればかなり慣れるだろう、と思う。

だが、実際にそんな努力はしないのだった。

そんな経験を思い出しながら、今年どうしたかというと、迷うことなくネットで「正座イス」を買った。

2580円（税込み）。

年々法事に出席する機会が増えてきて、お寺は座布団がある場合が多いけれど、正座をして読経を聴くたびに「……アレがあれば」と思うようになっていた。いつ来るとも知れない法事のために、日々正座の練習をするのもなんだかなー、と思ったし。

しかし最近は、高齢化がさらに進み、ひざや腰がつらくなってきたお年寄りが増えたということだろうか。正座用の補助イスを常備したり、和室用のイスが用意されてるお寺も目にするようになっている。

正座つらいもんなあ、と思いつつ、イベント当日。

茶会の参加料は500円だ。

案内され、他の客とともに正座をする。

その時さっとカバンから取り出される新兵器、正座イス。

携帯用に平たく折りたたまれているプレートを逆三角形に組みたて、お尻の下に敷く。ひざ、すね、足の甲にかかる体重が軽減され、シビレにくくなる仕組みだ。

私以外の四人の客は、当然そんなものなど使わず、畳にじか座りだ。

やや座高が高めだが（あとで気づいたのだが、ノーマルサイズと間違えて「大」を買っていた）、やった、正座がつらくない！

ズルをしているような気持ちにもなったが、いや、これはズルではなく「対策」である、と胸を張り、和菓子と抹茶をいただいた。

お茶のあと、茶道具や掛物、花入れなどを客が「これはこれは…」という感じで鑑賞し、亭主の趣向を楽しむ時間があるのだが、道具のよさなどまるでわからず、「……ガンプラとか飾ってあったらおもしろいのに」などと考えていた。

正座の痛みがなければないで、茶席にふさわしくないことしか考えない人間、ということだろうか。

（苦痛苦手マンガ家・吉田戦車）

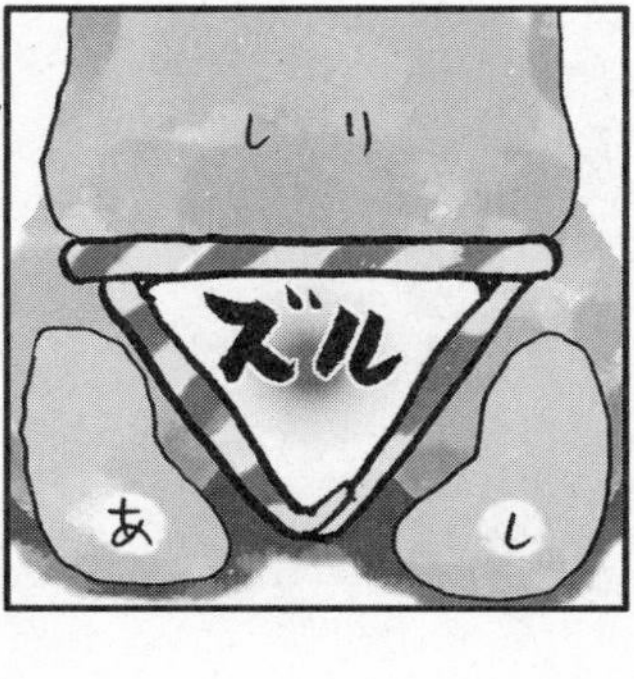

❸❽ ダンベル

ダンベルダイエットの本を買ったのは30歳ぐらいのころだった。3、4冊買ったと思うが、今は2冊だけ残っている。

何をどれだけ食っても太らなかった青年期の基礎代謝がどんどん下がり、太りはじめていたからだった。

18歳の時57キロだった体重が、あっという間に60キロ超えちゃった、あれあれ、海外旅行で64キロいっちゃったー、という、トントン拍子な感じは忘れられない。

雑誌「Tarzan」を読んで、腕立て伏せ、腹筋、ジョギングなどを試みて、三日坊主でやめたりもした。

その一環として、3キロと5キロのダンベルを1セットずつ買ったのだった。

そして三日坊主で終わった。

三日坊主が趣味なのではないか？　と思うほどだった。

あまり使わなかったそのダンベルは、その後引っ越しの時に処分した。恥ずかしい

ほど重い不燃ごみだった。

体重は、一番重い時で67〜68キログらいあったと思う。

70キロの大台に突入する前に引き返せたのは、自転車に乗りはじめたからだった。当時居住エリアだった多摩川沿いや、仙川、野川沿いを走り回っているうちに、65キロあたりに定着した。

50代になってまわりを見渡すと、中高年の筋トレ愛好者はけっこう多いように見える。ライザップとやらで鍛えてる人もいますな。

遊歩道や公園に行けば、ジョギング、ランニングをしている人も多い。

体の機能がいろいろおとろえはじめているが、まだまだつく筋肉もあり、向上する機能もある、ということで、中年は筋トレやランニングにはまるのだと思われる。

今お前はどうなんだ、と問われれば、明らかに運動不足だ。

7年前に、やっぱり肩こり防止などのためにダンベル必要かも、と思い、あらたに3キロのものを1セット買っている。2300円。

その後7年間で何回使っただろうか。トータルで1カ月も使っていないと思う。

趣味の三日坊主健在だ。

運動不足気味ではあるが、ウォーキング的な散歩と自転車こぎで、最近は63キロ台におちついている。

62キロ台になることもあるが、そこまで減らなくていい感じ。

これは健康のことを考えて、食生活を見直している効果もあるだろう。

甘いものとか炭水化物の単品食いは、たまのお楽しみに、ということになった。好きなものを好きなだけバリバリ食べていい人生は終わった。

あまりやせすぎても、しぼんでるみたいで不安なので、久々にダンベルをひっぱり出した。筋肉を増やそうというもくろみだ。

トレーニングというような大仰なものではなくて、仕事の息抜きに、眠気覚ましに、気合い入れに、なんとか習慣化してくれないかと思う。

自慢ではないが、私の三日坊主は手ごわい。『ジョジョの奇妙な冒険』の〈スタンド〉みたいな、厄介な何かが自分の中にいる感じだ。

勝ちたい。坊主に。

（上げ下げマンガ家・吉田戦車）

買いもの その後　だめ。ぜんぜん勝てない。

これを書いたあと、1回上げ下げして、それっきり。

フィットネスクラブもすぐリタイヤ
坊主つええ〜
30代

考えてみれば
このキャラのおかげで私、
この30年でサインも含め
何百本
マフラー描いたか……

39 タオルマフラー

タオル地のマフラーというものがあると知ったのは、15年ほど前、FC東京ファンの友人に連れられて、初めて味の素スタジアムにサッカーを観に行った時だろうか。

青と赤のオフィシャルタオルマフラーを、みんなにこやかに首に巻いていた。

そのころ私は温度計に凝っており、持参していたのだが、FC東京が勝利した瞬間、ホーム側スタンドの気温は5度上昇した。

そんな場所ではウールやカシミヤのマフラーでは暑くてたまらないだろう（勝てば、だが）。タオル地の出番である。

そのオフィシャルマフラーは買わなかったが、その後、愛媛県今治《いまばり》産のものを2本買い、ずいぶんヨレてきたが愛用している。

タオルマフラーのいいところは、屋内で少し首筋が寒い時に巻けることだ。風呂用のタオルや手ぬぐいでもいいが、マフラー形状はやっぱり巻きやすい。

今、家には2本のおニューのタオルマフラーがある。

1本は山陽新幹線で運行を開始した「エヴァンゲリオン初号機モチーフの新幹線」（2015年5月に運行終了）柄のマフラー。その新幹線の画像を見てみたが、カッコイイ。

「暴走って言うなw」という関係者の会話が聞こえるようだ。

なぜそのマフラーがあるのかというと、ミサトさん＝声優の三石琴乃《みついしことの》さんが妻の伊藤理佐と懇意で（伊藤のキャラ「エビちゅ」のCV《キャラクターボイス》を担当している）、ヨシダさんにといただいたのだ。

もったいなくてとても巻けず、仕事場に飾っている。

もう1本は昨年（2017年）秋、埼玉県東松山市で買った。

豚のカシラを焼いた「やきとり」で有名な東松山。行ったのは初めてだった。

「日本スリーデーマーチ」という、ウォーキングの一大イベントが開催されており、岩手から両親が参加しに来ていたのだ。

そこに、歩きにではなく、孫の顔を見せに行った。

日中は好天だったようだが、我々が着いた時は、強風とともに黒雲がおしよせ、傘をさすほどではないが小雨が落ちてきて、肌寒かった。

スタート&ゴール会場はお祭り広場状態になっていて、飲食店を含む屋台多数。それぞれの距離を歩きぬいた人々が（両親は最短の5キロコース）、寒い中うれしそうにガンガン飲んでいる。

やきとりをかじり、ビールなど飲んだが、うまいが寒い。油断して薄着してきた。

何か羽織るものは！　と会場をぐるりと回って見つけたのが、四国から来ているブースの今治タオルマフラー（1000円）だった。「瀬戸内しまなみ海道スリーデーマーチ」と書かれたタグがついている。「伯方の塩」の小袋のおまけつき。

四国のイベントのチラシも何枚かいただいた。

「讃岐《さぬき》うどんつるつるツーデーウオーク」ってのが楽しそうだなー、香川県ってまだ行ったことないな、などと考えながらタオルマフラーを首に巻こうとしたら、娘に「私が巻きたい！」と、とられた。

（首冷えマンガ家・吉田戦車）

ボランティアの参加者早く全員ゴ～ルして～人たち

40 ミックスナッツ

スーパーの「ナッツ関係」の棚をじっくりご覧になったことはあるだろうか。

けっこう広い。

私は長年、日常的にスーパーマーケットを徘徊しているが、前はこんなに広くなかったと思う。

意識して観察してきたわけではないから漠然とした印象でしかないが、ここ10年ぐらいでずいぶん広くなった。一棚すべてがナッツ関係だったりするくらいだ。

日本人に欠かせない定番商品に、いつのまにかなったんだな。ミックスナッツ、アーモンド、クルミ、カシューナッツなど、その多くが「食塩無添加、ノンフライ」である。通常袋と並んで、お徳用の大袋まであったりする。

かつてミックスナッツは、酒のつまみコーナーに、あたりめなどとともにぶら下がっているものだった。

そういう場所が今も定位置の、バターピーナッツの仲間。しょっぱくて油っこい、アルコールのお友達。

今は無塩ノンフライが主流だ。かんしゃく持ちの酒飲みおやじなら「製菓材料かよ！」と吐き出しかねない、ヘルシーな商品として再生を果たした。

近くに置かれているのも、さきイカやチーズ鱈じゃなくて、ドライフルーツである。ご婦人たちがヘルシーな食品として、ヨーグルトなどとともに普通に買いもののカゴに入れるカテゴリーに入った。まったく別の人生を歩みはじめたようにすら見える。

25年ぐらい前に買った栄養学関係の本に「ドライフルーツ、ナッツ類はすぐれたミネラル源。欧米では〈ブレインフード〉などとも呼ばれる」というようなことが書いてある。

味つけされていないナッツ類など、まだ自然食品店ぐらいにしか置いていなかったと思う。

そのころから効能が健康雑誌やテレビ番組で紹介されるようになり、世間に広まっていった。

健康食品仲間であるプレーンヨーグルトに、立ち位置が似ているのかもしれない。あれもかつては小さい瓶に入った甘いデザートで、プリンやゼリーの仲間みたいなものだったから。

そういうヨーグルトが普通だった日本人の前に、プレーンヨーグルト（400グラムぐらいのパックのやつ）はその姿を現した。

「なにこれ、甘くないじゃないの！」というクレームを予防するためか、砂糖の小袋がついていたな。その砂糖も今ではつかなくなっているようだ。

というわけで私も、ミックスナッツにはお世話になっている。間食としてのもの足りなさにもいつのまにか慣れ、欠かせない存在となった。

酒のつまみとしては、あいかわらずもの足りない。

酒には塩分が合うんだよなー、あ、そうか、だから酒好きは高血圧になりがちなのかー、あははは、と笑いながら、無塩のナッツをカリカリかじって、前はたまにすることもあった「シメのインスタントラーメンとか」をがまんしている。

（食塩使用マンガ家・吉田戦車）

私にとって「マンガの天ぷら」といえば『ゲゲゲの鬼太郎』に出てきた「人《ひと》魂《だま》の天ぷら」だ
本当にうまそう！
食べると妖怪に顔とられるけどね

41 天ぷら鍋

春になると、妻の実家から義父が採った山菜が届く。

山菜となるとさすがに天ぷら一択というわけで、揚げ油を買いに行くことになる。

他の季節に揚げものをすることはあるが、せいぜい年に3、4回ぐらい。ふだんは外で食べたり買ってきたりでいいということになっている。

そんな頻度なので、たまに揚げる時は深めのフライパンでじゅうぶんなのだが、揚げもの専用鍋があったほうがいいような気持ちになって天ぷら鍋を買ったのは、2015年早春のことだった。

「そろそろ長野から山菜がくる季節だが、この厚さ3ミリの鉄製天ぷら鍋だと、すごく上手に揚がるらしいよ」

ネットで見てそそられた鍋の画像を妻に見せる。

厚さ3ミリの鉄の板、などというフレーズに私は本当に弱い。

「買ってくれるなら、買ってもらってやってもいい」

というのが彼女の返答だった。

リバーライト「極JAPAN天ぷら鍋20センチ」。購入時で7000円（税抜き）。

カッコいい鍋を買ったことに興奮した私は、かっぱ橋道具街に天ぷら関係の道具を買いに行った。

目の粗い網杓子、「かすあげ」。

持ち手のところが木製で、先はステンレスの揚げ箸。

オイルポット。

それらがどうなったかというと、かすあげは洗うのが面倒すぎて、一度使ったきり。

揚げ箸も重くて使いこなせず、一度使ったきり。

オイルポットも、使用済み油を入れてはみたものの、ほとんど再利用することはなく、活用できずに洗ってしまいこんだ。

天ぷら鍋そのものは、とてもいい鍋である。

ただ、1年前からメイン料理係を任されている身としては、朝晩のメシ作りにおいて「兼用できる道具こそがいい道具」であると、あらためて思い知った。

つまり、深めの鉄のフライパンすばらしい。

かんたんな唐揚げっぽいおかずなら、フライパンでの揚げ焼きでじゅうぶんなのだった。

天ぷら鍋は鍋置き場の底のほうで、錆びにくい製品なのにいつのまにかぽっちり錆が浮いていたりして、申し訳ない状態になってしまっている。

何か揚げもの以外に使えないかな、牛鍋とか鳥鍋とか……。

だがどう見ても、その深さや直径や油のそそぎ口といった、天ぷら鍋ならではの形は、鍋ものだと使い勝手が悪そうなのだった。

つべこべいってないで、久々に何か揚げてやるか……、と思うのだが、あとかたづけまで含めた一連の揚げもの作業をして心底思うのは、「揚げもののめんどくせー」のひとことである。

なんでも揚げればうまいし、妻子も喜ぶ。でもめんどくさい。

そんなことを思いながら「揚げないフライ、揚げない唐揚げ」などを検索している自分がいるのだった。

台所の隅の暗闇から、本来なら炎属性のはずの天ぷら鍋の、冷たい視線のようなものを感じる。

（油はね恐怖マンガ家・吉田戦車）

買いもの その後

妻に代わって食事を作るようになり、しかも『忍風！　肉とめし』というマンガもこの時描いていたので、たまにひっぱり出して、鶏肉など揚げている。

一番かんたんで気に入っているメニューは、むね肉で作る鶏天です。

42

グリルパン

魚焼きグリルを有効活用!!
取っ手
ステンレス
グリルヤカン!!
あったらいいなー

うちの台所のガスコンロには、いわゆる「魚焼きグリル」がない。「魚焼きグリルを洗うのがきらい」という妻が、ついていないタイプを選んだ。

古い家をリフォームして引っ越した時、水まわり製品の選択はほとんど妻にまかせっきりだった。

住みはじめてから「え、グリルないの。トーストとかグラタンも焼けて便利なのに」と文句を言ったら、「ちゃんと相談したよ！」とキレられた。

とはいえ、どんな状況にも人は慣れるものだ。

焼き魚は、焼き網だとコンロのセンサーが働いてうまくいかないのだが、表面の樹脂加工がはげまくって捨ててもいい状態になったフライパンに、オーブンシートを敷いて焼いている。なんの問題もないし、むしろ洗いやすくて楽かもしれない。

が、最近、料理人の視点で台所用品売り場を見ていると、アレが目に入るのだ。

魚焼きグリル内で使うための、コンパクトなグリルパンやグリルプレートが！

その「すきま利用」のかたまりのようなたたずまいが、実に私好みだ。

「魚焼きグリルを有効活用」「オーブンより短時間で調理可能」などと書かれていて、たいへんそそられる。

欲しい……。

が、そこで愕然とする。うち魚焼きグリルないじゃん、と。

あきらめきれずにネットを見ていると、底が波型になったグリルパンには、普通にガスやＩＨの上で加熱するものもあるのだった。

人気の「ル・クルーゼ」や「ストウブ」にもラインナップがある。南部鉄器のものもある。

祝・メシ当番1周年ということで、ちょいとお高めだけど、そのへんの鍋を自分に買ってあげてもいいのではないか。

「ビタクラフト」のグリルパンが目に留まった。

多層構造鍋ビタクラフトは、片手鍋を二つ持っている。もう30年近く、ほぼ毎日使っていて信頼感がある。

それに決めた。お値段は9000円（税、送料込み）。使いこなせなかった時にはちょっと痛い出費になるが…。

さっそく使ってみた。

鶏もも肉の皮目を、脂を落としつつじっくり焼いたあと、ひっくり返して大さじ1ぐらいの水を入れてふたをして蒸し焼きに。

火が通りづらい鶏肉がしっかり中まで加熱されていた。ピッチリふたができるこれにして正解。

「肉肉肉肉！」とうめく小学生を「まず野菜を食べてから」と制しつつ、脂がついた鍋に、洗って大雑把に切った白菜を放り込み、ふたをして蒸し焼き。塩を振る。

うますぎて妻が大声をあげる。

冬場はどうしても鍋物が多くなるのだが、グリルパンのおかげでバリエーションが広がった。

フライパンでも同様の料理ができるわけだが、シマシマの焦げ目がゴチソウだ。

道具に、料理の腕をちょっと上げてもらっている感覚がある。


（すきまマンガ家・吉田戦車）

43 減塩用醤油さし

社長、スマホアプリと連動して醤油量を管理する醤油さしを開発しました!
めんどくさいよアプリ
ピ
ポト

減塩生活は続いている。

正確に量っているわけじゃないので、今1日にどれくらい塩分をとっているのかよくわからないが、気持ちだけはがんばっている。

たとえば、毎朝食べる納豆は、私の分だけ別皿だ。

妻子の分には麺つゆなどかけて出し、自分の分には自家製「酢タマネギ」をのせたりする。

タマネギを薄切りにして酢に漬けたもので、健康雑誌で「血圧改善に、血管にいい！」と勧められる常連のような常備菜だ。

だが、ではその酢タマネギ納豆は効いてるのか？　と問われれば、よくわからない、と答えるしかない。

実感として、何か一つの食品が劇的に高血圧を改善するということはない、といっていいような気がする。

それでも少しずつ、塩分を減らしたり運動したり野菜を多くとったり、酒をひかえたり（これが一番できないけど……）することが、血圧改善道というものだろう。

減塩用醤油さしにも、もちろん手を出している。

最初に買ったのは「しょうゆちょいかけスプレー」というものだった。

醤油のボトルっぽいラベルが巻いてあるＰＥＴ樹脂製の国産品。醤油好きの心をくすぐるグッドデザインだ。

いい商品だと思ったが、醤油さしとして使うのはやめてしまった。

私がヘタなだけかもしれないが、目標の、たとえば刺身に正確にかからず、横に散ってしまったりするのだ。

あと、プッシュとともに気化した醤油のいい香りがたつ。

いい香りだなあ、と思いつつ、それって服やメガネや髪に、ごく微量ながら醤油の粒子がつくってことだよな…と思ってしまう。

その感じが苦手で醤油は入れなくなったが、塩水や酒などを入れて、調理用の霧吹きとして活かせないかと考えている。

最近買ったのが「プッシュワンしょう油差し」というもの。

これも日本製。日本のキッチン用品メーカーの、醤油にそそぐ情熱を感じさせてくれる。

一滴だけ落とせるタイプで、回転寿司店などで見かけることもありますね。

悪くない。液ダレしないよう、やや使い方にコツがいるが、目玉焼きなどにぽとっと落とすのにいい感じだ。

卵かけご飯の生卵にも一滴ずつ落として、ギリギリご飯が食べられる醤油量を探ることが可能である。

小学生の娘にもいいと思った。わが家ではずっと「ポーレックス」のセラミック醤油さしを愛用してきており、液ダレしなくてとてもいい製品だけれど、子供には量の調整がまだむずかしい。ドバッとかけがちだ。

この一滴ずつたらすタイプは、子供時代から薄味を意識するためにいいんじゃないかと思う。

これを使っていると、一滴一滴がいとしくなってくる。

醤油がない人生などあり得ないからこそ、「塩や味噌より、お前が好きさ」などと語りかけながら、たいせつに味わいたい。

（うすくちマンガ家・吉田戦車）

買いもの その後

2020年、「しょうゆちょいかけスプレー」は「手指消毒用アルコール入れ」としてよみがえり、毎日持ち歩いている。

コンブ
トウガラシ
酢
前の醤油さしも
涙ぐましく活用中！

書店スタッフさんが
作ってくれた 紙ねんどのかわうそ

44 阿蘇タカナード

熊本県熊本市の「長崎書店」「長崎次郎書店」で、絵本関連の原画展を開催していただき、トークイベントとサイン会をした。

到着後、関係者と大正13（1924）年建築の長崎次郎書店2階喫茶室でうちあわせ。カレーを食べる。

私は自分から喫茶店に入ることはほとんどないのだが、ここは行けてよかった。

たいへんながめがいい。

熊本市電、新町電停にカーブしな

がら出入りする路面電車を見ていると、このまま4、5時間ぼーっとしていたい、トークショーとかバックレたい、という思いが湧きあがってくる。

そうもいかず、長崎書店に移動してサイン会とトークショー。

県内や宮崎県などからお越しのみなさま、どうもありがとうございました。

翌日は帰りの飛行機まで時間があったので、熊本城をひとまわりした。

震災の影響で、敷地はほとんど立ち入り禁止になっているが、石垣をじっくり鑑賞するにはじゅうぶんだ。

不謹慎な言い方かもしれないが、その傷ついた姿は、熊本城が「巨大な何か」と戦った証しであり、不思議な感動を呼ぶのだった。

地球が生きていること、その薄皮の上で、我々生物も懸命に生きていることなどを、あれこれ思う。

売店で「熊本城復興Tシャツ」を買う。2200円（税込み）。

売店のお姉さんに「これはいい生地なんですよ」といわれる。

いつも旅先のみやげもの店などのTシャツは、生地がペラペラでも仕方ないと覚悟して買っているので、得をした気持ちになった。

街に戻り、熊本市現代美術館で「熊本城×特撮美術　天守再現プロジェクト展」を見る。怪獣映画など特撮美術のプロたちが、20分の1スケールで熊本城天守閣を再現するというプロジェクト。

オレ得というしかない展示を見て、ホクホクしつつ、鶴屋百貨店で何か買うものを探す。

この時季が旬の巨大なみかん、晩白柚《ばんぺいゆ》があった。これ好きなんだよなー、と思いつつ、大きいのであきらめた。

熊本ラーメンの持ち帰りも豊富なラインナップだが、今はもうラーメン類は「たまに外で食べるゴチソウ」と位置づけているので、それも断念。

サイン会で、甘いものなどたくさんいただいたこともあり（書店から自宅へ発送してもらいました）、少々買いもの欲にブレーキがかかっていた目に、よさげなものが留まった。

小びんに入っている。

「阿蘇タカナード」。30グラム768円（税込み）。

高菜の種のマスタード？　へぇーと思い、乾物などとともに購入。

帰って味をみてみると、一般的な粒マスタードよりピリッと辛い。高菜漬けとひき肉を炒めたおかずに添えて食べたらすごくおいしかった。

高菜はカラシナの変種で、かつてシルクロードを経て中国から入ってきたらしい、ということを知った。

（カルデラマンガ家・吉田戦車）

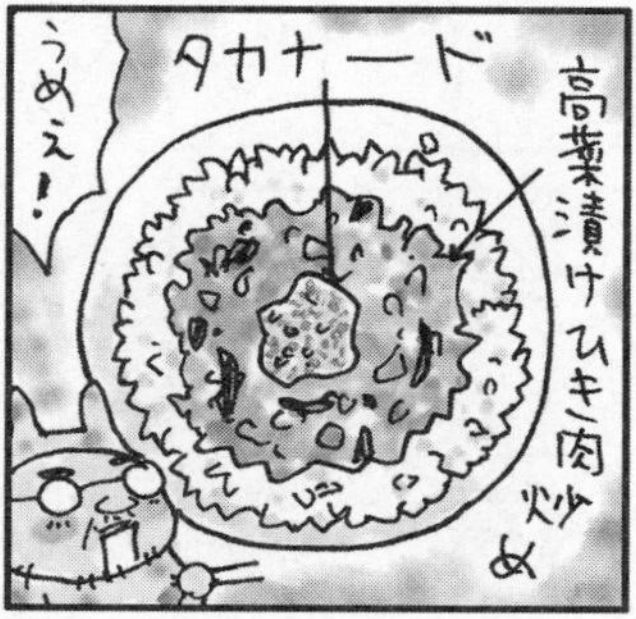

買いものちゃん ③

レジ袋を有料化して数年
マイバッグのご持参にご協力をお願いします
レジ袋は1枚5円です
お客様のマイバッグ持参率は9割を超えた…
エコ的にはいいことですがレジ袋がまったく売れない…ということでもあります
スーパー
ぐう…なんとかせねば…
レジ袋フェア
1枚5円の袋が2枚でなんと9円
10/1～10/7
レジ袋ポイントカード！スタンプ20個でレジ袋一枚無料!!
レジポ
なんとかしなくていいのよ！
バ
コ

CAT

45 タブレットスタンド

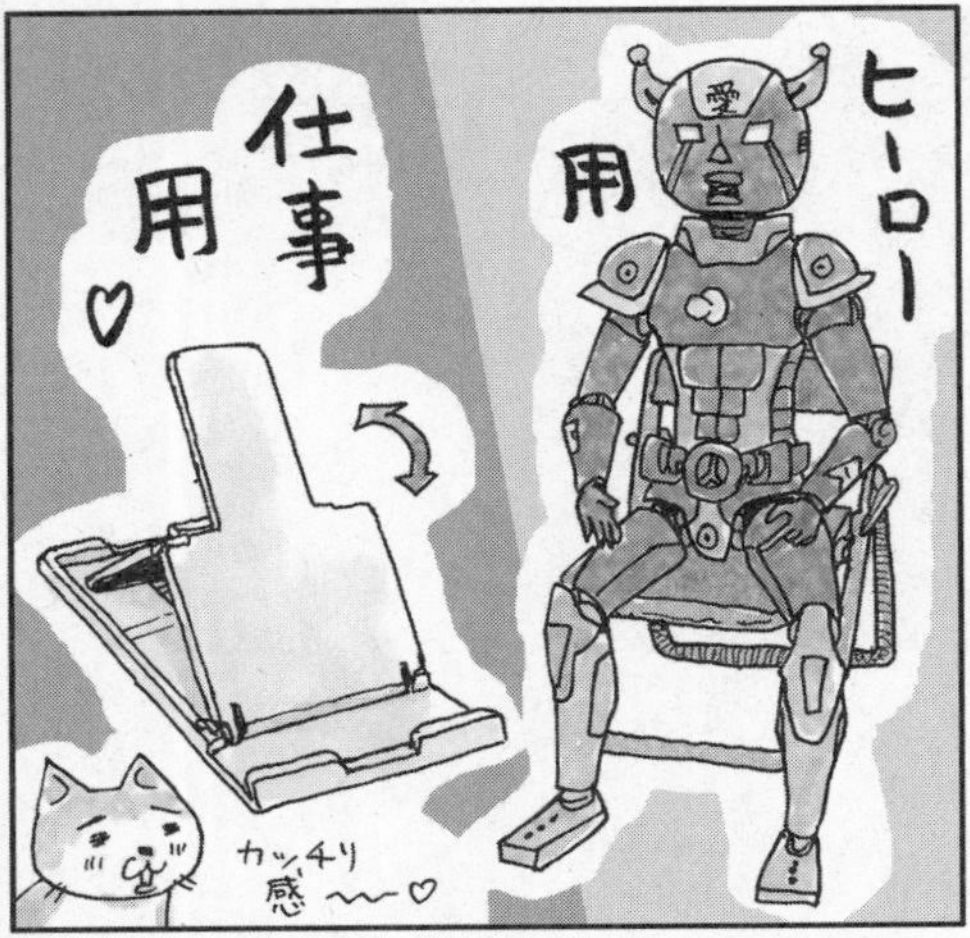

マンガの資料として、写真などの画像が必要なことがある。

デジタル化時代の前にそれをどうしていたかというと、カメラで写真を撮り、現像に出してプリントしていた。

写真を撮れない被写体の場合は、図書館で画像が載っている本を探した。

図鑑や絵本、雑誌もたくさん買った。今もかなり残っている。

カメラはキヤノン「オートボーイ

2」を奮発して買ったが、現像に行く手間がなくていいなと思い、のちにポラロイドカメラを買った。

が、1980年代のポラロイドは携帯性にすぐれているとはいいがたく、なんだか人目が気になり、あまり使わずに終わった。

1993年に初めてパソコン「Macintosh LC520」を買った。インターネットはまだ普及前夜。使っていたのはワープロ機能と「パソコン通信」ぐらいであり、まだ画像検索どころではない。

数年後に「iMac」（初期の、ブラウン管のやつ）に買い替えたあたりで、ようやくインターネットで画像検索の時代到来。検索結果の粗い画像をプリンタで印刷して資料にした。

そのころはまだ携帯電話は持っていなかったが、カメラ的にはデジカメの時代になりつつあった。

デジカメが便利なのは、小さいとはいえモニタがついているので、撮った写真を現像せず、そのまま資料にできることだった。

なので画素数もだけど、「モニタの大きさ」が購入の大事な決め手になっていたりしたのだ。

その後世間の流行から少し遅れて、私も携帯電話を買った。折りたためないやつ。カメラ機能はまだおまけ程度。モニタも小さいし、まだまだデジカメにはかなわなかった。

そして時はあっという間に流れ（書いていていやになるほどあっという間だった気がするなぁ）、スマートフォンの時代となり、タブレットPCの時代になった。

私も流行から少し遅れながらもiPhone、iPadのユーザーである。デジカメも持っているが、カメラの主力はスマホに移った。

で、ようやく表題の「タブレットスタンド」である。

いいという記事をネットで見かけ、百均で買った。

正式には「12ステップ タブレットスタンド」ということで、12段階に角度が調整できる。

これが本当にすぐれものだった。ABS樹脂のボディは安っぽさがぜんぜんなく、カッチリした使用感が手にうれしい。

基本的に、絵がまちがっていてもあまり叱られない作風の私ではあるが、いちおうプロなので、たとえば仔イノシシを描く時はこれにタブレットを立てかけ、「ウリ坊の体のもよう」の検索結果を見ながら描くのである。

最近やはり百均で、スマホスタンドにもなる、フィギュアにも使える「ミニチュアパイプ椅子」というのを買ったが、スマホはいいけどタブレットは支えきれず、角度も調整できないため実用にならなかった。

普通にヒーローのフィギュアなど座らせて遊んでいる。

（資料閲覧マンガ家・吉田戦車）

46 五倍酢

酢に反応して発汗するのは父から受け継いだ体質！
（父はもっと出る）
えっ冬なのに??
あ、寿司酢か！
くもるメガネ
妻

酢が好きになってきた。

いや、好きになるよう自らを仕向けているというべきか。

血圧のことばかり書いているようだが、これもまた高血圧対策のためである。酢は減塩に役立ち、血圧によいとされている。

健康体だった時の酢は、ないと困るけど、減りが早い調味料ではなかった。

最近は米酢、穀物酢、リンゴ酢、バルサミコ酢など、あれこれ買っているが、どれもそれなりにコンスタントに減ってゆく。

ドリンクとして飲むほどではないが、酢、けっこう摂取してるなと思う。

酢に少量のハチミツを入れた「ハチミツ酢」を常備していて、スライスした野菜などにびしゃびしゃかけたり。

刺身は、醤油なしで、酢＋ワサビで食べる。

ご飯のおかずだと醤油がいるが、酒の肴の場合は酢ワサビでじゅうぶんおいしい。

そんなマイ酢ブームの中で知ったのが、今回とりあげる「五倍酢」である。

その名のとおり5倍濃縮の酢で、これ1＋水4で、通常の酢と同じになる。

全国のＪＡ系「エーコープ」などで買えるのだが、東京の近所には取扱店がなく、存在を知らなかった。「独特の方法で5倍に濃縮したエーコープオリジナル商品」だという。

なぜ知ったかというと、佐藤初女《はつめ》さんという、キリスト教にもとづいた福祉活動をされていた方の著書に書いてあったのだ。

この方はいわゆる料理研究家ではないが、おにぎりをはじめとする手作り料理をふるまって話を聞くその活動は、多くの悩める人たちを救ってきたといい、レシピ本も出ている。

「少量で味が決まるので、サラダのドレッシングも漬け物もわたしは全部これ」(『初女さんのお料理』主婦の友社)という記述を読み、それは使ってみたい、と思った。おととし(2016年)ぐらいに、岩手に帰省した時か、妻の故郷の長野でだったか忘れたけど、エーコープで五倍酢を買った。

値段は忘れたが、WEBで「360ミリリットル、6本で3040円」というショップが見つかったので、1本500円前後か。けっこうするが、一般的な酢5本分で500円と考えれば安いといえるだろう。

使ってみると、うちの台所では使い勝手がいいとはいえない…、ということがわかった。

小さじ1ぐらいの酢が欲しい時に(三人家族ではその程度の使い方が多い)、いちいち計量して水を足すのがとても面倒だ。

失敗かな……、だがこういう酢があることを知っただけでもよかった、と思い、たまに思い出してチビチビ使った。たとえば、2〜3倍に希釈した五倍酢で、湯呑みの茶渋がきれいに落ちる。酸すげえ、という感じだ。

料理だと「酢タマネギ」「イワシの酢煮」に使ったりして、最近ようやく使いきった。

今後も続いていく酢生活の中で、再び買うことがあるのかどうかわからないが、なかなかおもしろい酢体験をしたと思う。

（酢豆腐マンガ家・吉田戦車）

買いもの その後

五倍酢の値段、最近郷里の店で確認したら、360ミリリットル454円でした。

【使用上の注意】
「お子様の手にふれない所に保存してください」
ママこれなーに一？
劇薬だ

47 干しシシトウ

産直や道の駅が好きである。

よく行くのはやっぱり、故郷岩手県と、妻の故郷、長野県南部の店が多い。

長野には蜂の子、寒天があり、岩手には三陸の海の幸や南部鉄器があるなど、土地土地の店の個性は楽しい。地元の木で作った板の端材を売っていたりすると「おお♥」と思う。買わないけど。

菓子や麺類などのみやげものコーナーはだいたいどこも似たりよった

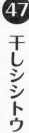

りなので、おもに農、海産物コーナー、手作り食品コーナーを観賞する。同じナスや椎茸でも、生産者の名前が書かれていたりして、ありがたみがちがうのだった。昔は見かけなかった野菜を目にすることもある。ゴーヤーなんか今では全国区だが、昔は岩手の農家が作る野菜ではなかった。キクイモとかヤーコンとか、健康番組や雑誌でとりあげられてブームになったものもあるようだ。

何が換金作物になりうるか、農家のみなさんのチャレンジングな試みが垣間見えるのも、産直ウォッチングの楽しみだ。

岩手県奥州市の産直「江刺《えさし》ふるさと市場」で思わず手にとったのが、今回のテーマ「干しシシトウ」である。

読みやすくカタカナで書いたが、商品名は「干　ししとう」となっていた。「干し　ししとう」だと舌を噛みそうなので、「干し」の送り仮名をはしょったのかもしれない。

生野菜ではなく乾物である。色は真っ赤。一見、トウガラシにしか見えない。シシトウってピーマンやトウガラシみたいに赤くなるんだな。よく考えればそうなのだが、そこまで「シシトウの最終形態」について考えたことがなかった。好きかどうかというと、焼き鳥屋で串を頼むこともあるから、もちろんきらいではない。

が、赤い。しかもカラカラに乾燥している。たてに半割りか4分の1割りぐらいにカットされており、袋の底には種がパラパラと落ちている。

畑で収穫しそびれて赤くなり、商品価値がなくなったシシトウを処分するのに忍びなく、製品化してみたのかもしれない。「お肉の供に」というシールが貼られていて、なんだか突然な感じだが、売る前にいろいろ料理を試作してみたのかもしれない。

自宅の台所で、さっそく調理してみた。

まずはもちろん水で戻す工程だ。20分ぐらいつけておく。

水気を切って豚コマ肉と炒めてみた。味つけは塩。

うむ、なんというかゴワゴワしていて、何か赤い野菜の皮を無理に食べているような食感だ。

キッチンバサミで細かくきざむような処理が必要かもしれない。

辛いのかと思ったら辛みはなく、噛んでいるうちにトウガラシ系のうまみ、甘みのようなものがにじみ出てくる。

赤い色はとてもきれいで、料理に彩りが欲しい時などに、おもしろい食材ではないだろうか。

商品として定着するのか、幻の乾物になるのか、見守りたい。

（水戻しマンガ家・吉田戦車）

買いもの その後

江刺ふるさと市場に2018年の夏も立ち寄ったが、干しシシトウはなく、「干しピーマン」が売られていた。

赤いのと、緑のと。税込み各162円。

赤いほうの見た目は干しシシトウとそっくりだ。まわりを見回せばフレッシュピーマンの旬まっさかりであり、買いませんでしたが。

↑
ここが獅子に似てるから
シシトウガラシだ
そうだが、
なかなか
ぶっとん
だ
見立てである
思いついた人、天才

48 フライパン

料理好き＝調理器具好き、と考えてさしつかえないと思うのだが、私もその一人だ。そして調理器具好きの人生は、たいていの場合、買いもの失敗成功のくりかえしなのではないだろうか。

店舗やネットで目にするフライパンの豊富な種類を見るにつけ、世界中の人々の「フライパン試行錯誤」を思う。

今、わが家の台所にはフライパンが五つあり、それぞれ稼働している。

フッ素樹脂加工のものが三つ。

まずサイズ26センチ。

177ページでも紹介したが、妻の伊藤がどこかのスーパーで買って使ってきたものので、すでに樹脂部分は丸ハゲになっているが、まだ現役だ。

油を敷いて使い続けることもできなくはないが、オーブンシートや魚焼き用ホイルを敷いて塩鮭などを焼く、焼き魚専用鍋になっているのだった。

フライパンではなく
「餃子の皮くっつけ器」で
あるかのように
ピッチリ
洗うのも
たいへんだった
高かったのに…
妻
ぬぉーーーっ!!

近ごろは40歳を超えてまだ現役の、プロスポーツ選手のような風格が出てきた。

14センチと20センチは、私がかつて仕事場で使っていた。もはやメーカーも不明。

表面加工部分が優秀で、どちらもまだ現役だが、そろそろ先が見えてきた感はある。

14センチの使い勝手はとてもいい。1個分の目玉焼きとか、タレやソース作り用など、出番は多い。

そして、鉄のフライパン二つ。どちらもメーカーは「リバーライト」だ。

24センチの炒め鍋は、ふちがやや深めに立ち上がっていて、中華鍋的に使えるフライパンである。

これもかつて一人用に買ったものなので、家族三人分の野菜炒めや焼きそばだと、もう二回りくらい大きさが欲しい感じだ。

一番の新参者が、26センチのもの。

生姜焼き3枚とか、ハンバーグ3個とか、家族の人数を考えて買ったサイズである。

使いはじめは意外にくっつき、失敗したかなと思ったが、だんだん鍋肌に油がなじんで、いい感じになってきた。

これの前は、同サイズの「セラミック加工フライパン」というのを妻にプレゼントし、使ってもらっていた。

だが、かなり繊細な火加減、取り扱いを要するこのフライパンを、どちらかといえば豪快な調理をする妻は、使いこなせなかった。

娘5歳の誕生日に妻がそれで焼いた「1個も無事に焼けた個体がない餃子」のビジュアルは衝撃的だった。

皮がすべてフライパンに引っついて「餃子の具と餃子の皮の炒め焼き」みたいなも

のになっていたのだ。

完全にユーザーが悪いのだが、かなり火加減などに繊細な私が使っても、そのフライパンは、使い勝手がいいとはいいがたい道具だった。

買いもの失敗を認めて思い切って処分し、鋼鉄製のものに買い替えたのである。

鉄はいい。

フッ素樹脂加工にもお世話になってきたが、今後連れ添うのはやっぱり鉄のフライパンかな、と思っている。


（ＩＨ対応マンガ家・吉田戦車）

49 ターナー

前回買った「新しい、鉄のフライパン」の余波で、また買いものをすることになった。

ターナーである。

ひっくり返すturnにerがついてターナーだ。

「フライがえし」のほうがなじみ深いが、ターナーで話を進めることにしよう。

妻は先がななめになってる竹製の「へら」を長年愛用している。

ターナーと兼用でもあるそれとフ

ッ素樹脂加工フライパンで、妻は料理をしてきた。

だがその先端は薄いとはいいがたく、フライパンがまだ新しいうちならまだしも、くたびれてきた表面から餃子をうまくはがしとる、みたいなことはできなかった。

そこで私が、フッ素樹脂加工フライパン用のナイロン製ターナーを買った。先がなめらかで薄く、柔軟性があるやつで、これなら餃子もきれいにはがせるだろう。

が、すでにかなり強固にひっつくようになっていたフライパンで焼いた餃子の下には、そのターナーもうまく入っていかなかった。

「……イライラする。ぜんぜん使えない。このやわらかさがむかつく」

などとさんざんなことを言われたため、今度はがっしりした、先端がまっすぐなナイロン製のものを購入。

ホームセンターで買ったが、ネットのレビューなど見ると☆四つ。けっしてダメな製品ではない。

しかしそれもひっついた餃子をうまくはがすことはできず、けっきょくそのフライパンそのものがもう限界と判断し、焼き魚専用に回すことになった。

新しい鉄のフライパンを使ってみて、あ、もう金属製のターナーでもいいんだな、と気づいた。

ガリガリやっていいんだ。

スーパーやホームセンターに行ってみると、ステンレスターナーのバリエーションは驚くほど少なかった。デザインも、お玉とセットになっているような、昔からよく見るタイプしかない。

もうちょっと、購買を後押ししてくれるプラスアルファが欲しい。

こういう時ネットショップは便利なもので、仕事はいろいろ差し迫っているが、タブレットを手に寝っ転がって「逃避検索」をする。

いい感じの製品に目が留まった。

「貝印　SELECT100　プレスターナー」

オールステンレス製のスマートなフォルム。美しい。取っ手が樹脂製のものとはちがうオーラを放っている。

幅も60ミリと小さめで、私の目的に合致する。1000円（税込み）。

届いた。薄くて、強靭なしなりがいい感じ。

鉄のフライパンは使うたびに油がなじんできていたが、それでも目玉焼きが、新品の樹脂加工フライパンのように「するりと」はがれるような焼け方はしない。ややひっつき気味に焼ける。

その鉄板と卵の接触面のすきまに、プレスターナーはさくりと入り、目玉焼きは完璧に皿に移った。

餃子も焼いてみたが、そこそこひっつきつつも、ターナーのおかげで「犠牲者1」で済んだ。

私もフライパンもスキルアップしていくだろうし、完璧にはがしとれる日も近い気がしている。

（板金加工萌えマンガ家・吉田戦車）

買いもの その後

スキルアップはぜんぜんしていなくて、まだフライパン料理は苦手である。

だが、このターナーのおかげで、多少ひっついてもＯＫ！という安心感があり、フライパンとペアで、いい買いものをしたと思う。

四角いふたつき
餃子鍋や
「餃子がえし」という
ヘラも売ってますよ
やめて
物欲の女神様！

50 一合徳利

ちょっとでも飲まないとゴハン作る気にならない
休肝日、ときめてた日に
とかほざいたこともあり
「こいつヤバいな、」と自分でも思う
…まあいいんじゃないの
ストレスためるよりは
妻
子

芸能人の「酔っぱらって女子高生にわいせつ行為」事件の記事をいくつか読んで一番思ったのが、「この人の依存レベルに近いところに、私もいるのかもな……」ということだった。

アルコール依存症のチェックシートというのをやってみると、もう設問1「どれくらいの頻度で飲みますか?」から、だいたいの結果が自分でわかる。

「アルコール依存症の疑いがありま

す。断酒か節酒をお勧めします」みたいな。

なかなか酒を減らせない。

休肝日は現在、かろうじて週に1日。昨年（2017年）、いわゆる平日禁酒を1～2カ月やってみて、体調などとてもよかったのだが、戻った。そんな飲み方が定着したら一番いいんでしょうけどね……。

酒量自体は昔より減ってきている。6時に起きて朝食を作らねば、というプレッシャーも、歯止めになっているのだろう。

とはいえ、日本酒換算で3合ぐらいはだいたい飲んでいる。

そんな日々の中、もしかして節酒できるのではないか、と思ってやってみたのが「徳利で飲む」ということだ。

食器売り場で、「蛇の目　一合燗」という徳利を目にして、つい欲しくなり、買った。税込み486円。

うちにはちろり、片口はあるが、徳利はなかった。

小ぶりでとてもかわいい。これで、ついだりつがれたりしないで、一人分をきりっと飲みたい、と思った。

二合徳利は大きすぎて、なんだか酒にいじきたない感じだ（酒にいじきたないのだが）。

妻が出かけて子供と二人で夕飯の日に、これでやってみた。酒器はぐいのみではなくて、おちょこ。冷やで。なめるようにちびちびやりながら、夕飯を食べていると、これがけっこうもつのだった。

おちょこ四杯で徳利が空になったのだが、すでに子供は食事を終えていて、そして意外なほどの酔いを感じた。

その日はそこで打ち止めにして、おとなしく寝ることができた。

医療関係者が推奨する、絶対ムリ、と思っていた「体にいい酒の飲み方は、日本酒で1日1合ほど」が、できるかも。

徳利、イケるかもしれん。

もう1本くらいあってもいいなと、ネットで一合徳利を検索した。これで飲みたい、と思えるかわいいものはあまりない。

「正一合」と書かれたものを買ってみた。税込み1188円。文字が独特の書体でおもしろいし、素朴な丸みが手にうれしい。

後日妻と飲んだ時は、2合で抑えることができた。

……と、調子のいいことを書いているが、ワインだと徳利を使うわけにもいかず、「妻と二人で1本半なら上出来、だいたい2本」という飲酒量になってしまう。

ワインも、リーズナブルでけっこう楽しめるやつが増えてきたよな、などといってるところがもういかん。

アルコールとの闘い、というか、「アルコールとのつきあい方をめぐっての、自分との闘い」は、今後も続いていくのだった。


（習慣飲酒病マンガ家・吉田戦車）

買いもの その後

買った直後に、わが家の酒ブームが再びワイン期に入ってしまい、ほとんど使っていない。泡盛ブームがあったり日本酒ブームがあったり、よく変わるのである。

こいつらもさびしそう。

51 プラレール

うちの子供は女子であることもあり、列車や鉄道にあまり興味を持っていない。

私自身も、若干の「乗りテツ」的要素は持ち合わせているものの、オタクやマニアにはほど遠い、一般人である。

そんな私だが、娘が2歳ぐらいのころからしばらく、プラレールを買い集めていた時期があった。

最初は『きかんしゃトーマス』の車両を買った。テレビで見たり、デパートの屋上遊園地に遊具としてあったりして、子供も親しんでいたからである。が、それ以降は、はっきりと自分の物欲に従い「D51蒸気機関車」「サウンド江ノ電」、そしてちょっと大きい子向けのシリーズ、プラレールアドバンスの「485系特急」を買ったりした。

車両自体は、あとは電池を使わない「テコロジー　新幹線はやぶさ」や、トミカを載せられる「トミカ搭載貨車」など貨車ユニットをいくつか買った程度だが、レールや橋、駅舎、踏切のたぐいはどんどん増えていった。

青いレール上をぐるぐるまわる列車を見つめているだけで心が癒されるような、少々追い詰められた精神状態の時があったのだ。

男女ともによくある、子育て関連のストレスによる「煮つまり」だったのだと思う。乳児、幼児期の子供のかわいらしさ、おもしろさを宝物のように思いつつ、それと並行して、今となっては笑い話のようにグツグツと煮つまっていた。

D51はヘッドライトが光るのだが、さらに客車をいじった。

厚手のトレーシングペーパーを窓の内側に張り、百均で買ってきた、赤色光の小さいLEDライトを入れて点灯させた。

夜に灯りを消した部屋でそれを走らせると、なんとも郷愁をそそる、心細くさびしい夜汽車の雰囲気が出るのだった。

妻子のことはとても大事だが「ここじゃない、どこか遠くに連れてっておくれよメーテル……」というような気持ちがなかったとはいえず、ヤバい感じだった。

さすがにそんな特殊なプラレール遊びが長続きすることはなく、その後はたまに娘と遊んだり、男児の友達が来た時にオモテナシとして出したりした。

そして娘が小学生となった今、出番はほとんどなくなった。

一度一人で遊んでみたが、今はもうプラレールに救いを求めてはいないようだった。つまり、すぐに飽きた。

段ボールに軽く一つぶんくらいはあるこれ、どうしよう。

中古売買、あるいは寄贈について調べてみたが、プラレールのリユース状況はダブつき気味なようだった。

そんな時に、このページの担当編集者氏に男児が生まれたという吉報が！

ダメもとで（家族がいろいろ買いそろえたい場合もあるからね）オファーを出してみたら、もらってくれることになった。

ありがたい、捨てずに済んだ！
私のいっときの妙な鬱屈の気配は、きっちり拭きとって贈るつもりだ。
（アンドロメダ行きマンガ家・吉田戦車）

52

ストップウォッチ

昼食に麺類を食べるのをがまんしている。

以前、1年間に食べたランチをジャンルごとに集計したら、週のうち4、5日は麺類ということがわかり、これは高血圧にもなるわ、と反省した。

しばらくそれを意識してご飯ものを増やすのだが、そのうちそれを忘れて麺類が増え…ということをくりかえし、今はまた「意識してるシーズン」に入った。

同時に「食事はゆっくり時間をかけて、よく噛んで」というのを意識するシーズンにも入り、ストップウォッチで経過時間を計りながら食事をしている。

食事時間は20分以上かけるのが望ましいとされているのだが、どうしても早食いになりやすい麺類の難易度は高い。

おととし（２０１６年）、味玉入りラーメンを時間を計って食べてみた時の記録によると、味玉を四口に分けるなどして、がんばってゆーーっくり食べて、12分。

普通に食べたらだいたい7〜8分。20分もかけたら伸びてしまう。

「麺が伸びる前に完食せねば麺食いにあらず！」という思いは厳然としてあり、幼児のように1本1本チルチル食べて時間をかせぐわけにはいかない。

冷たい麺ならそれほど伸びることを気にしないで食えるわけだが、ざるそばはどうだったか。

一口分を少なくして、「そばっ食いの風上にも置けねぇ！」などといわれかねないほどよく噛んで食べて、約6分。

天せいろで9分。

温冷を問わず、単品の麺類はゆっくり食べるのがむずかしいメニューであるということだ。

餃子やミニ丼でカロリーを増やせば時間かせぎにはなるが、それも諸刃の剣という感じだ。

事前に野菜ジュースなどを買って飲んでから店に入って麺を食う、という時間延長も試してみたが、バカバカしくなってすぐやめた。

というわけで、レバニラ定食とかサバ味噌煮定食を、腕時計かスマホのストップウォッチを見ながらちびちび食べているのだった。

ちなみに定食類の食事時間は、ストップウォッチを見ないと10分ぐらい。見ながら努力すれば18分ぐらい、といったところか。

牛丼並だと、生野菜などつけてがんばって15分。カレーはもっと時間をかけづらく、飲みものであるとまではいわないが、麺類に近い。カレーは麺類。

忙しい日は自宅で昼食をすませることもあるのだが、ゆっくり食いのモチベーションを上げるため、カシオのストップウォッチを買った。１３４１円。

2年後、確認したら９９１円になっていて、悔しかった。

自宅ランチは残り物をちびちび食べる感じで、ご飯量など外食より少ない。普通に食べれば7～8分コースだ。

途中で食器を洗ったり、目玉焼きを焼いて追加したりして時間を引き延ばして、なんとか20分以上を確保している。

ストップウォッチはたのもしく刻をカウントしてくれているが、スマホでじゅうぶんだったな…、と思わなくもない。

（生野菜追加マンガ家・吉田戦車）

これで15分イケる！
つゆぬき↓
（ペースダウンに有効）
豚汁

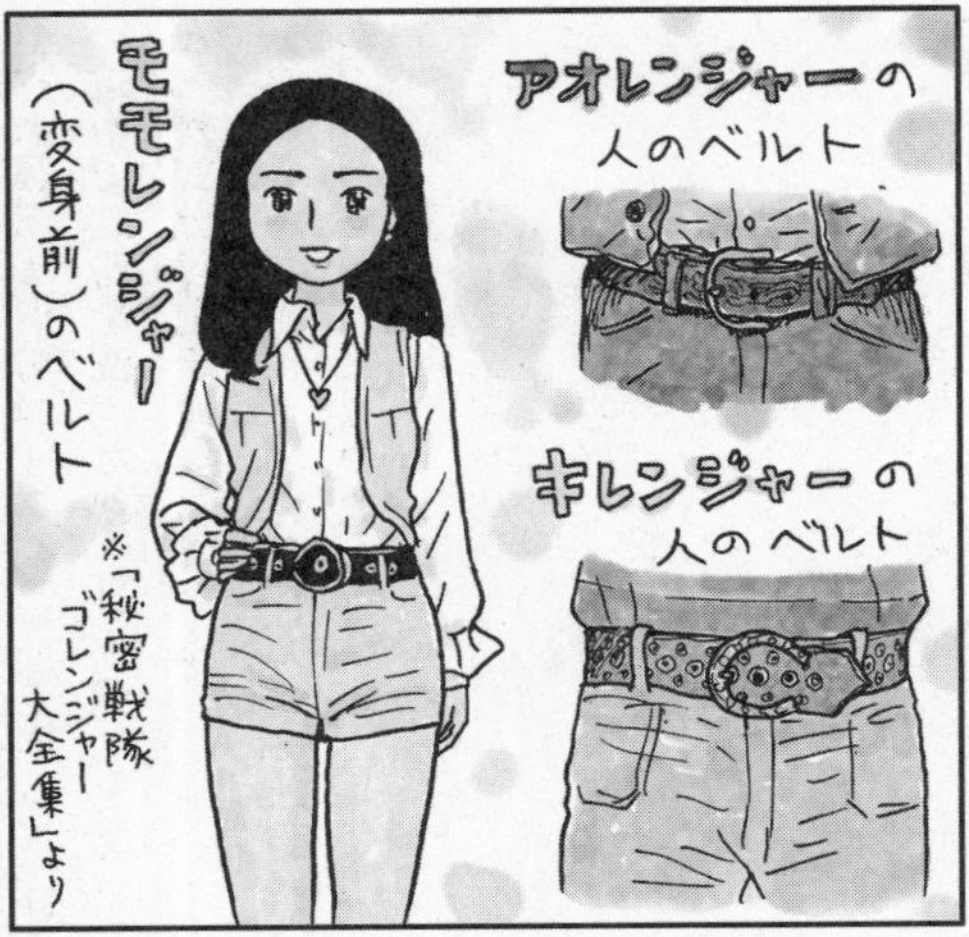
アオレンジャーの
人のベルト
キレンジャーの
人のベルト
モモレンジャー
（変身前）のベルト
※「秘密戦隊
ゴレンジャー
大全集」より

53 ベルト

ズボンの腰に締めるベルトのことを、子供のころはバンドとも呼んでいた。

今、時計バンドや結束バンドには使うけど、ベルトという意味でのバンドは死語だろう。

自分や父親が使ってる細い地味なのがバンドで、ヒーローが変身前に締めているような、ごっつい革のやつがベルト、というように、ぼんやり区別していたかもしれない。

チャンピオンベルト、変身ベルト

などに象徴されるように、「ベルト」は特別な、カッコいいものであった気がする。『太陽にほえろ！』のブームがあり、我々小学生もジーパン刑事（松田優作）などに憧れ、ジーンズに恋い焦がれた。同時に、ああ、太い革のベルトをいつか締めたい、と思った。

テレビの洋画劇場で好きだった西部劇の影響もあった。荒野をさすらう男は、革のベルトを締めなければならない。

中学生になってようやく、パチモンっぽいジーパンとともに、革の二つ穴ベルトを買ってもらった。

さすがに変身ヒーロー気分にはもうならないが、クリント・イーストウッド気分でベルトをなでさすっていた。

成人すると、そこまでのジーンズ愛、ベルト愛はなくなるのだが、惰性でジーンズをはき、ベルトも（すでに一つ穴だったが）締めていた。

ベルトがわずらわしくなるのは、30歳前後に食べすぎ飲みすぎで腹が出はじめてからである。

ベルトの厚みや金属バックルのぶん、余計に腹が出て見えるじゃないか、と、怠惰な自分にではなく、ベルトにイラついていた。

その後、無印良品やユニクロが世の中に増えてきて、カーゴパンツとかイージーパンツをメインではくようになり、革のベルトはどんどん遠ざけられていった。

だが、そういうズボンでもベルトが必要な時はある。

そんな時に出会ったのが、登山用のベルトだった。30代から40代前半にかけて、しばらく友達と登山をしていて、登山用品店に足しげく通っていた時期があったのだが、そこで買った。

「WALK ABOUT コンビネーションベルト」というやつ。

ナイロン地で、バックル部分はプラスチック製。これが細くて軽くてとても気に入り、山以外でも日常使いするようになった。

ずいぶんよれよれになって、まだ現役だが、久しぶりにもう1本買い足すか、と思った。今は登山は休止中だけどな。

まだ売ってるのかな、と「石井スポーツ」をのぞいてみると、ありました。

あいかわらずカラフルなラインナップが数種類。税込み1642円。

冠婚葬祭のスーツの時にこれ、というわけにはいかないだろうが、もう、私のズボンをずり落ちなくしてくれる帯状のものは、一生これでいいやと思う。

たまにはくジーンズも、自転車で楽なようにストレッチ素材だし、荒野をさすらうかわりに首都圏をチャリでさすらう今、ベルトも革じゃなくてナイロンがふさわしいように思う。

（ずり落ち防止マンガ家・吉田戦車）

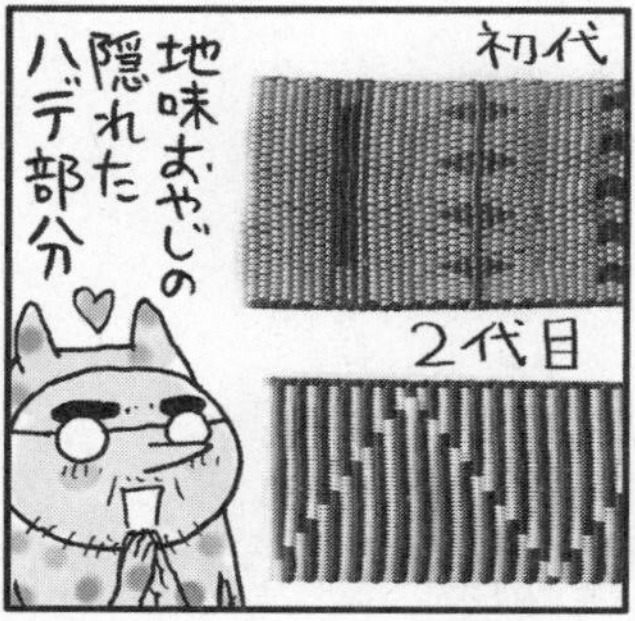

54 七輪

子供が小さいころは、子供のお友達家族と家飲みをすることがけっこうあった。

子供たちを自由に遊ばせながら親が長時間飲み食いという、外食ではなかなかしづらいことができるからだ。

よそにおじゃますることもあったし、うちでやることもあった。

ちなみに、最初は男親もまぜてもらえたが、次第に「女親だけで、微妙なあれこれを気兼ねなしにしゃべり合う会」へと変貌していき、大人の男は排除された。

しかし、うちでやる場合は私がいるので、基本、お父さんたち込みの宴会である。

せっかく庭的なスペースがあるんだし、肉でも焼こうと妻が買ったのがバーベキューグリル。1万3650円。ネット販売のページには「欧州から来た、本格的バーベキューコンロ」とあるが、欧州のどこ製かは不明。

これは、あたりまえなのだが、炭をガンガン放りこんで肉をどんどん焼くと、煙がもうもうと上がるのだった。

建て込んだ住宅地ではかなり異常な感じの白煙。ハラハラしておちついて楽しめない。

おとなりさんなども巻きこんでなんとか二度ほど使ったが、その後出番はない。

しかし、炭火は楽しみたい。あたりが暗くなるに従い、赤みを増してゆく炭火の美しさは、何ものにも代えられない娯楽である。

そこで私が買ったのが、七輪だ。

石川県の天然珪藻土の手作り品。網と、網を載せる高さ調整リングをつけて、数年前で1万2000円ぐらい。

煙が上がりすぎるのを防止するため、サンマ、カルビ、鶏もも肉などは禁止した。「なんのために買ったんだ!」という妻の声もあったが、スルメやエリンギや長芋を焼くだけでじゅうぶんじゃないか。

まあ、宴会となるとさすがにそうもいかず、シシャモやウインナーや、それほど脂っぽくない肉を焼いて、客にふるまった。

宴会場所のメインは室内なので、寒い時は私だけが「七輪番」となって、黙々と軒下で焼く。たまに子供たちやお父さんたちが炭火を見にきて、相手をしてくれた。

子供たちにはキャンプのバーベキューのように、串に刺したマシュマロをあぶって食べさせるのだが、焼きすぎて七輪の縁にベチョッと落とされた時は、「おれの七輪になんてことを!」と、大人げなく声をあげた。

そんな感じで毎年2、3回は七輪を稼働させていたが、子供が小学生になると、そういう宴会は減っていき、今ではほとんどなくなった。

今年(2018年)も、まだ蚊が出ないGW中に、家族でひっそりと七輪を楽しんだ。

ちょっと大きめのヒビが入ってしまっているが、金具でしっかりしめつけられているし、まだまだ使えるだろう。

子供は屋内で一人でマンガを読んだりしていて、締めのマシュマロ以外はどうでもいいようだった。

妻とゆるゆる飲みながら、椎茸やラムチョップを焼いた。


（紀州備長《びんちょう》マンガ家・吉田戦車）

初めて
焼いた
アボカド
スプーンで
すくって
食べる
ウマい

55 タマリンド

自分カレーブームの流れで
映画『バーフバリ』もようやく観た！
好き♥としかいえない
（うろおぼえです）→

あいかわらず朝晩の飯当番をやっているが、夏が近づき、カレーの出番が多くなってきた。

市販のカレールウは便利でおいしいが、以前買ったりいただいたりした「辛くない（辛さひかえめの）カレー粉」がまだたくさんある。使い切りたい。

今までの自己流手作りカレーは、まずくはないけど、だいたいいつもボンヤリした味だったので、何冊か本格カレーの参考書を買って読んでみた。

レシピの分量どおりに作ったりはしないが、なんとなく「ここははずさない」という勘どころを学んでいるつもり。

インドの家庭では、味噌汁や野菜炒め感覚で、毎日ささっと料理を作っているのだと思う。そういうところをマネしたいと思う。

基本は、「タマネギ、ニンニク、ショウガ料理」なのだ、と定義することにした。ニンニクのみじん切りを弱火で油炒めし、タマネギを加えて炒め、おろしショウガを入れてさらに炒め、そこにカレー粉を入れる、という手順が、すべてのカレーのベース。

トマト（生、ペースト、ケチャップなど）は必ず入れるし、無糖ヨーグルトもあれば入れる。

水に浸けておかなくても煮えるレンズ豆やムング豆を入れたりもする。

何食か作るうちに、けっこうおいしくなってきた（と思う）。

カレー粉を消費しなくちゃならないのに、ホールのスパイスも買ってしまった。クミンシードは家にあったが、コリアンダーシード、マスタードシード、フェヌグリーク（メティシード）などなど。使いこなせるのかオレ。

そして気になって気になって、どうしても欲しくなってしまったのが、酸味づけに使うという「タマリンド」のペーストだった。

名前だけは聞いたことがある。そのエキゾチックだろうと思われる酸味をぜひ味わってみたい。

近所では買えないのでネットで購入。200グラム容器に入っていて600円ぐらい。インドやタイだと10分の1ぐらいの値段で買えるのかもしれないなあ。

開封して味見してみる。黒褐色の、トロリとした液体。

すっぱい。

……あれ？　このすっぱさ&この見た目のものって、うちにあった気がするぞ。

それは故郷、岩手県奥州市江刺産の「純粋梅肉エキス」だった。

両親に勧められた「なめ薬」のような、強烈にすっぱいもので、タマリンドはそれより酸味はおだやかだが、よく似ている。

ネットで調べたら「ない場合は甘くないねり梅で代用」などという記述も。

幸せの青い鳥を求めてインドまで行ったら、実は故郷にいた！

そして、どちらにしろ、子供があまり好きな酸味じゃないことははっきりしていた。ごく少量ずつ使うか…。でも梅肉エキスも余ってるんだよな…。
日々おいしくなってる（と思う）手作りカレー。妻は誉めてくれるが、無言で食べる子供からは「どうして普通の箱のカレールウで作らないんだろう…」という心の声が聞こえるようだ。

（カレー臭マンガ家・吉田戦車）

買いもの その後 本当に、あきれるほどあっという間に、自分の中のインドカレーブームは過ぎ去り、買い集めたスパイス類もタマリンドも放っておかれている。辛くないカレー粉と、せいぜいクミンシードがあれば、私のカレーにはじゅうぶんだった。
カレーの出番はその後むしろ減った。同系統の料理では、夏野菜の炒め煮「ラタトゥイユ」が圧倒的に多い。上手出し投げでフランスの勝ち、といったところか。

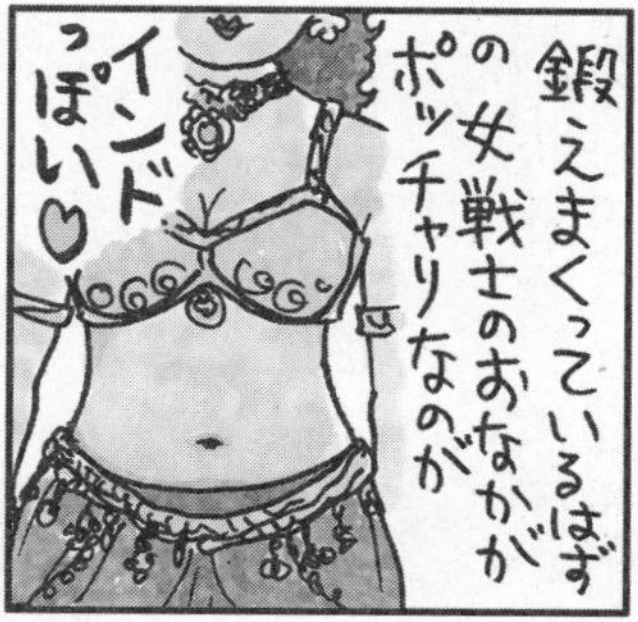
鍛えまくっているはずの女戦士のおなかがポッチャリなのが
インドっぽい♡

56 トップチューブバッグ

なんて便利なのかしら！
と、愛用されてる方もいるとは思いますが！
SMART
CYCLE

クロスバイクを買って1年が過ぎ、今また自転車シーズン真っ盛りである。

先日は笹目橋を渡って埼玉県に入り、戸田競艇場あたりから荒川沿いを走り、都内に戻って赤羽に立ち寄り、環八を通って帰るという、なかなかハードなサイクリングをした。

赤羽で立ち飲み屋に入るわけにもいかず、さびしかったが。

スマートフォンに入れた、走ったルートや時間を記録できるアプリは数回で使わなくなった。自分が記録などぜんぜん見返さない人間であることを知った。

スマホそのものは、地図を頻繁に見るので、忘れたら困る必需品である。

スマホをいじりながら自転車をこぐような危険なまねはもちろんしないし、そもそも前傾姿勢では怖くてできない。

スマホは、リュックの外側のポケットや両脇のボトル入れにつっこんでいるのだが、いちいちリュックを前に回してスマホを取り出すのは、ややわずらわしい。

ベルトにつける1000円ぐらいのスマホケースを買ったが、微妙にこいでる時にじゃまで、すぐに使わなくなった。

開閉できる胸ポケットがあれば、その位置が一番便利なのだが、そんなものがついたシャツを着て走るということがまずない。

上着のいる季節は胸のポケットでいいけど、乗車が増えるのは圧倒的に上着がいらない季節である。

ハンドルにスマホホルダーという器具で固定している人もよく見かけ、これはありかもしれないな、と思った。

いろいろ調べるうちに、スマホを上面に入れて、ビニール越しに操作可能、下には小物を入れられる、トップチューブバッグというものが目に入った。フレームバッグ、サドルバッグ、フロントバッグなど、この手の車体にとりつけるバッグは、新車にうかれていた時期に、検討に検討を重ねたものだ。

結果、購入は見送り、背中に通気性のあるリュックにおちついたのだった。それをすっかり忘れていたようで、深く考えずに、そのトップチューブバッグをポチってしまった。1600円ぐらい。

自転車に装着してみて、なぜ昨年(2017年)この手の商品を買わなかったのか、思い出した。

じゃまなんじゃないか、と想像したとおりだった。

停車してサドルから尻をはずしてトップチューブにまたがった時に、股間にあたるというほどではないが、じゃまである。

そして、自転車を停め、コンビニ、スーパー、飯屋などに寄るたびに、その中からスマホをとり出さなければいけないのがめんどくさい。

カバンがわりに使う場合は、自転車を離れる時にベルクロストラップ3カ所をいちいちはずして、財布やティッシュなど小物を入れたそれを持ち歩かなければいけないわけだ。

ないわー、と思う。

Tシャツの胸部に、ストレスなく魔法のようにスマホを装着できるケースの登場を夢見つつ、試行錯誤は続く。

（スマホ運転ダメ絶対マンガ家・吉田戦車）

買いもの その後　2018年の夏、「原宿の若者の間で、フィッシングベストが流行中！」という情報が入ってきたが、真偽のほどは知らない。

どちらにしろ、おじさんが原宿じゃない場所でフィッシングベストを着て自転車に乗っていれば「近くの釣り堀にでも行くのかな」と思われるだけだろう。

57 グローブ

ろくにやったことがない
ストレッチすら
気持ちよかったな〜〜
うおぉきくぅぅ♡
ハァ
ハァ
ハァ
ハァ…
これとキャッチボールで終わりでいいよ
毎回それ言うな
MANGA-S
MANGAS

子供のころ、野球をすることはきらいじゃなかった。

だが球技の才能はなく、市の少年野球大会のために毎年結成される地域のチームからは、ぜんぜん声をかけてもらえなかった。

クラスマッチのソフトボールでセカンドをやったのが「私と野球」の、ささやかなピークだった。

中学生以降は、ほとんど野球をしない人生を送ってきたのだが、20代後半、マンガ家の草野球チームに誘われ、まぜてもらうことになった。

グローブを買い、バットを買い、みんなとおそろいの(あたりまえだ)ユニフォームも買った。

試合開始前のキャッチボールが楽しかった。ボールをグローブで捕る喜びを左手が覚えていた。

運動不足の体はそれだけでヘトヘトになるので、「もう試合いいからビール飲みに行こう」と、毎回なかば本気で言っていた。

キャッチボールやノックなど、練習は楽しかったのだが、試合そのものはヘタゆえにあまり熱意がなく、1〜2年つきあって、あとは幽霊部員になった。当時のみんな、ごめんね。

バットはその後の引っ越しのくりかえしの中で処分したが、グローブはなんとなくとってあった。

それを久しぶりにひっぱり出したのは「娘とキャッチボールをやろう」と思ったからだ。

なぜ、野球などまったく知らず、興味もない女子小学生とキャッチボールを?

それは、体力テストの「ソフトボール投げ」で、毎年あまりいい成績が出ていない、と聞いたからである。

スポーツ用品店に子供用のグローブを買いに行った。ごく普通の入門用が税込み1999円。練習用のボールが949円。

さっそく公園に行き、まずは3メートルぐらいの距離で、下手投げでキャッチボールをはじめる。

ぜんぜんうまく捕れないうえに、暑いらしく、娘はすぐにグローブをはずして、バドミントンやフリスビーをやりたがるのだった。

その後、1、2回なんとかつきあわせたが、その程度では、オーバースローでびゅんと投げてパシッと捕球、みたいなレベルになろうはずもなく。

この年の体力測定では11メートルだったそうだ。30メートル以上投げた女子もいるというから「もっとおれと練習していれば…」とボヤいたら、女子としては普通だからいいんだ、と言われた。

今調べたら、「キャッチボールクラシック」というゲームが存在するらしい。

日本プロ野球選手会HPには「キャッチボールの正確さとスピードを競う」「9人

1組のチームが、2分間で何回キャッチボールができたかを競うもの」などという説明が。

野球より敷居低くて楽しそうだなあ、と思う。

娘が公園で遊んでくれるあと○年で、楽しい、といえるレベルのキャッチボールができるようになるのかどうか。

肩や腰や足の腱をグギッとやらない程度にがんばってみたい。

（振り逃げマンガ家・吉田戦車）

30メートルって
6年生男子の
平均
だぞ
どういう
小3女子か
!!

58 カメラ

○×米店
自然はけっこうすぐ飽きるけどね
広い道路のむこう側の歩道から、看板建築撮ったり活用中

スマホ以外にふだん使っているカメラは、キヤノンＰｏｗｅｒＳｈｏｔ　ＳＸ６２０ＨＳというコンパクトデジカメだ。２０１６年に２万８０００円ほどで購入している。

光学25倍、デジタル50倍のズーム能力がある。

それがどういうことかというと、月面のクレーターがかなりくっきり撮れる。野鳥などもイラスト参照、である。

ズーム機能を多用するのは、やっ

ぱり子供関係だ。何かの発表会、そして運動会。

小学2年生の時の運動会で使ってみたが、まったく過不足なく寄って撮ることができ、ああ、もうこれで一眼レフの出番はないな、と思った。

一眼レフカメラは、2014年に幼稚園の運動会用に買ったのだった。ニコンD3300。パンフレットをまだ持っているが、小さい子供たちと、カメラを持ったキムタクが写っていて、まさに「お母さんが子供を撮る用」のお手軽一眼レフという売り方だった。

デフォルトで18-55ミリのレンズはついているが、それに55-200ミリの望遠レンズがついたセットを買った。代引き料金など含めて8万円強。もしかしたら、この買いものエッセイに出てきた中で最高額かもしれない。

当時子供は4歳。

その時使っていたコンデジは、ものを食べたり寝ている時ならまだしも、屋内で動いている幼児を撮ると、だいたいブレていた。私がヘタなだけかもしれないが。

だから一眼レフの、一瞬をシャキシャキ切りとる能力には驚嘆したものだ。屋内のフラッシュなしでも、変なおどりなどをきれいに写すことができる!

妻から「買うのが2年遅い！」と責められるほど、一眼レフカメラは子供用としてすばらしかった。

旅行にも一、二度持っていったはずだが、何かと荷物が多い子連れ旅行用にはかさばりすぎて、やがて幼稚園のイベント専用みたいになっていった。

幼稚園の運動会も小学校の運動会も、都内のせまい敷地ゆえに、保護者や観客は立ちっぱなしである。

高齢者席などは若干用意されているが、シートを敷いて家族分の場所とり、みたいなことは不可能だった。

なので重い一眼レフを首から下げていると、すごく腰にきた。

ウォーキングをまじめにやっていれば軽減されたが、運動不足状態が続いていると、てきめんに腰がつらくなるのだった。

一眼レフを買ったわずか2年後にズームコンデジを買ったのは、そういうわけである。

2018年はなんとリレーの選手に選ばれたというので、それはコンデジじゃなくて一眼レフだろう！　と発奮して、ひっぱり出してホコリをはらい、使用してみた。

この年はひまがあればストレッチをする、という習慣が身につき、腰痛もほぼなかった。

撮った写真は、やっぱりコンデジよりはなんだか躍動感があるように思える。

レフって何？　と長年思いつつ、まだ調べてもいないが、あと数年たのんだぞ一眼レフよ。

（マニュアルモード不使用マンガ家・吉田戦車）

チョコレートケーキを食べるんだったら
チョコスプレッドをぬったパンを
食べたい！という嗜好《しこう》も
おやじの証拠！

59 チョコレート

酒の飲み方を10段階で表示するとする。

アルコール依存症が10、たしなむ程度が1、という具合にした時に、私は7〜8ぐらいのところにいるだろうか。

甘いものの場合はどうか。

1〜2ぐらいだと思う。きらいなわけではないが、食べない日が何日かあっても問題はない。

酒を抜いた日はちょっとデザートが欲しくなったりするから、もし完全に酒をやめたら、レベル5〜7ぐらいの甘党になるのかもしれないが。

大人で、酒、タバコ、カフェイン、甘味のどれにも依存していない人はいない、といわれる。

好みの嗜好品をいくつか、それぞれレベル1〜3ぐらいで、文字どおりほどほどに楽しんでいこうよ、というのが、利口な人生の過ごし方なのかもしれない。

本題のチョコレートであるが、甘い菓子であると同時に、カフェイン、テオブロミン（カフェインに近い作用を持つ物質）を含む食品でもある。

私はカフェインに弱いようで、日が落ちてからコーヒーやチョコを摂取すると眠れなくなることがあるのだが（お茶は比較的大丈夫）、それでもチョコレートはできるだけ切らさないようにしている。

モノは、86パーセントとか88パーセントのハイカカオチョコレート。

甘いチョコはおいしくて食べすぎてしまう。70パーセント台は私にとってはけっこう甘くて、つい2、3個いってしまうのだが、80パーセント台チョコだと1個で済む。

1箱ではないですよ。

90パーセント台チョコも1個で済むが、さすがに味がストイックすぎるので、80パーセント台におちついた。

これを、毎日ではないが「まじめに仕事をやらないと！」という日の午前10時ぐらいに、1個服用する。まさしく「服用」という言葉がピッタリの食べ方。

ポリフェノールが健康にいいとかなんとかいう触れこみを信じていただくのだった。

妻が仕事先からもらったり、あるいは2月14日あたりに買ってくれたりして、くわしくないがゴディバとかの高級チョコレートを口にする機会もある。

うまいと思うのだが、うまくて食いすぎる。そして「このうまさは、おれはいらないな」という気持ちになるのだった。

寿司でたとえるなら、私はマグロのトロとかヒラメのエンガワを自分から注文することはないのだが、その感じに似ている。

どうせ甘いチョコを食べるなら、昔大好きだったアーモンドチョコとか、ルックチョコレートとか、ライスチョコレートとか、ポッキーとか、麦チョコとかいう庶民的なあたりをいただきたい、というおっさん的嗜好がある。

妻も、そんな昭和おやじに高級チョコなど買っても無駄無駄無駄、ということを学習し、最近は海外メーカーの質実剛健な板チョコなどをくれるようになった。

たまにはちゃんと甘いチョコも食べたいな、と思いつつ、今日も80パーセント台チョコを服用する。

いっしょに飲む1日一杯だけのコーヒーがうまい。

酒もこれくらいほどほどにできたら、言うことはないのだが。


（不眠大きらいマンガ家・吉田戦車）

いいなーウォーキングの奴は酒飲めて
ちっ
などとランニングの奴に思われているかもしれない

60 ウォーキング用ボトル

どんなに忙しい日でも、1日最低30〜40分のウォーキングはしたいと思っている。

暑い季節に忘れちゃいけないのが水だ。公園の水飲み場を利用するという手もあるが、やはり持ち歩くのが望ましい。バッグは小型のウエストポーチを使用。

できるだけ軽量化したいので、いつも使っている300ミリリットルステンレス水筒は使わない。500ミリリットルのペットボトルも入るけれど、そんなにいらない。

３３０ミリリットル入りのミネラルウォーターのペットボトルを入れてみたが、半分ぐらい飲むと、残りの水がチャポチャポいう音とともに、バッグの中でなんだかゆれる感覚があり、微妙に収まりが悪い。

形状的に、サイフやスマホ等とうまくなじんでいない感じ。

再利用できる、手ごろな平たいペットボトルはないか……、とドリンクコーナーを探したが、みんな円筒型ばかりである。

あった、これちょうどいい！　と思って手にとったのは、焼き肉のタレの平たいペットボトル。２１０グラム、２３５グラム、４００グラムなどのサイズがあり、２００グラム台など手ごろではないか。

手に持った感じもよく、まるでゴクゴク飲むことを想定しているかのようだ。

が、ニンニクや油も入っているし、さすがにこれを洗浄して水を入れて飲む気にはなれない。

そうだ、これに似た感じのものといえば、ウイスキーのポケットびんがあるじゃないか！

さっそく酒コーナーに向かうと、ガラスびんのものが主流だが、ペットボトル製品もある。ズボンの尻ポケットに入れやすいように軽くカーブしている「アーリータイムズ」200ミリリットルを買った。564円。

このサイズのウイスキーはほとんど買ったことがなく、なかなか新鮮な買いものである。

飲み干し、すすいで、ラベルをきれいにはがして(ニチャニチャが強くて難儀した)翌日さっそく使ってみた。

ウエストポーチの中でとても収まりがよく、いい感じ。それこそ、尻ポケットにつっこんでもいいわけだな。

量が若干足りない気もするが、昼食がてら歩くことも多いので、食事をはさめば200ミリリットルでじゅうぶんだ。

だが、飲んでる時の見た目が少々悪い。

誰も見ていないと思うのだが、見る人がいれば「うわ、このウォーキングおやじ、いきなり一杯ひっかけた」と思われかねない形状なわけである。

ラベルをはがしたことで、逆に「ウォッカやジンや焼酎感」を醸し出してしまった気もする。

あまりにも暑い日には、もうちょっと水分量が欲しいと思って、吸い口がついたパウチボトルのスポーツドリンクを利用してみたりもした。

やわらかいのでさすがに収まりがいいが、なんというか、容器の丈夫さはわかっていても、金魚すくいの金魚を入れたビニール袋をウエストポーチに入れて持ち歩いているような、妙におちつかない感じもしてくるのだった。

酒飲みたちの歴史につちかわれた、ポケットボトルの持ち歩き完成度はすばらしい。

（水飲みマンガ家・吉田戦車）

買いもの その後

偉そうなことを書いたが、夏の暑さが凶暴すぎて、2000ミリリットルの水を持って30分ウォーキング、などという殊勝な習慣は蒸散した。

500ミリリットルのペットボトルを持って、自転車で川沿いの木陰をゆっくり走る、ぐらいしかやる気がしない。ポケットボトルウォーキングは、秋以降に再開だ。

入ることを想像すると
テント好き、かまくら好きには
たまらんけどなーー
ネコたち
なぜ入らん
ウィー
吉田

61 猫つぐら

うちには今、メスのマツと、1歳ほど下のオスのトラがいる。

マツは姉妹のフクとともに、生後3カ月ぐらいでうちにやってきた。

フクは難病「FIP（猫伝染性腹膜炎）」のため、生後わずか半年弱でこの世を去ってしまったのだが、その前、まだ姉妹で家の中をチョロチョロしていたころのこと。

私もだが、もともと猫好きの妻の伊藤理佐が子猫たちにメロメロになり「長野の〝猫つぐら〟というものを買う」と言い出した。

猫つぐらって何？

ワラで編んだ猫用のかまくらのようなものであるという。新潟では、ちぐらというらしい。

稚座と書き、かつて人間の赤ん坊を座らせる育児用のカゴだったものの、現代的なアレンジだ。

聞くとけっこうなお値段だが（さんまんえん！　ぐらい）「2匹がいっしょに入っているのを想像しただけでたまらん。買う」というので、どうぞどうぞと了承した。

届いた猫つぐらの中には、保護されていた動物病院から姉妹とともに来たバスタオルを敷いた。

なのにマツとフク、一、二度入って寝たかどうか。

遊ぶ時に上に乗ったりはするのだが、猫つぐらの中を寝場所にすることはほとんどなかった。

母猫に育児放棄され、不安でひもじい思いをしたらしい2匹なので、普通猫が好むといわれるせまい暗がりがいやだったのかもしれない。

2匹は、昼はざぶとんの上など、夜は我々人間のふとんの上や中で寝た。

私は猫と寝ることに慣れておらず、邪魔だったら蹴り出そうと思っていたのだが、かわいすぎて、入ってこない時は引きずりこむまでになった。

そうこうしているうちに、悲しい記憶になるが、具合が悪くなってからのフクが、よく猫つぐらにこもるようになった。

病状など気にしないマツが全力でフクと遊びたがり、体力がおとろえたフクはそれをもてあまし気味だったからだ。

猫つぐらの中までマツが積極的に入っていくことはなく、そこはフクのしばしの休息場所になった。

フクがこの世を去って9カ月後、弟分のトラが来たが、トラもなぜか猫つぐらには入らなかった。

こいつも野良の子猫だが、それほどつらい思いをしないうちに保護されたらしく、天真爛漫な人なつっこさと、野性のバカさが同居している。

廊下や畳の上で大の字みたいな変なかっこうで寝たりするヤツであり、そんなせまくて暗いところで寝たらつまらない、という気持ちがあるのかもしれない。

猫つぐらは部屋のオブジェとして置かれっぱなしだが、妻は「あの時フクが少しでも休めたから、買ってよかったんだ」という。

私もそう思う。

フクのことを思い出すことは年ごとに減っているが、猫つぐらを見れば、ふっと姿を思い浮かべたりもする。

そうこうしているうちに、最近、マツがたまに入るようになった。

マツは小柄な体で成長が止まり、食い意地の張ったトラはどんどん大きくなっていく。

そのトラのしつこい「遊ぼうぜ」要請がウザい時に、つぐら入りするような気配がある。成猫2匹では明らかにせまく、トラも無理に入っていこうとはしないからだ。因果はめぐる。

失敗したかに見える妻の買いものは、それなりに成功したのだと思う。

62 猫じゃらし

マツとトラは、いわゆる室内猫だ。かわいそうだが外出は禁止である。もちろんやつらは外に出たくてたまらなく、隙をついて何度か脱走している。

思う存分外で遊ばせてやりたいが、迷子や事故の可能性を考えるとどうにも心配でたまらず、やはり許可できないのである。

生きものを狩る本能を満足させてやれないので、室内で、我々が生きものになってやらねばならない。

なんらかの方法で身長30センチぐらいになって「さあ、こい！」とバトルの相手になってやれれば一番いいのだが、たぶん殺されるので、やめておいたほうがよさそうだ。

一番ポピュラーなのは、猫じゃらしということになるだろう。ボールなど投げもの系もいいんだけど、猫じゃらしでじゃらされた猫が、自分の体のまわりをバフバフ駆け回る感じはたまらない。

ひざに乗ったり、尻の下に手をつっこんできたり、背中に肉球をあてて立ったり、猫アレルギーじゃなくて本当によかった…、と思う瞬間だ。

やつらが一番好きなのは、トンボ型の「じゃれ猫ブンブン」である。６００円ぐらい。妻が何本か買い置きしている。

夢中になっているのを見ると、やっぱり生きものをもてあそぶことに飢えているんだなあ、と思う。

好きすぎてあっという間に羽がとれてしまうので、最近は糸で羽と胴体を縫って補強するようにした。10倍ぐらい長持ちするのでお勧めです。

もっとも、羽がとれて胴体部分すらなくなって、緑色の竿《さお》だけになってもけっこう普通に遊ぶので、このプラスチックの竿のしなりに、何か猫心をくすぐるポイントがあるのかもしれない。

釣り竿型のオモチャもそれなりにお気に入りだ。木製の竿の先にひもがつき、その先端にネズミや鳥のオモチャがついている。

木製なので、引きずると音がする。軽いプラスチック棒系は、気がつくと食卓の足もとに音もなく置かれていたりして、「遊んで」にまったく気づかなかったりするのだが、木製のこれは引きずる音で「遊んでー」とわかるのだった。

真夜中にカリカリと木の竿を引きずる音が近づいてきて、寝ている枕元にポトンと落とされる。その迷惑な深夜の遊び欲はだいたいトラだ。おもしろいが腹立たしいので、釣り竿はトイレの中に放りこんで隔離される。

投げもの系の一種、ネズミのオモチャもある。ウサギの毛を使用しているというネズミにカラフルな羽毛がついていて、12個入りだった。これもよく夜中に枕元で遊ばれてうるさいので、トイレに投げこみがち。

やつらのなかなかのお気に入りなのだが、飲みこんでしまう事故のリスクがあるということで、残り数個は処分することになりそうだ。

などなどと、まるでしょっちゅう熱心に遊んでやっているかのようだが、実はめんどくさくてなかなかおつとめを果たしていない。こっちも運動不足で、散歩したり自転車に乗ったりする時間を確保しなきゃならないんだ。

そこで、猫オモチャ業界に提案だが、人間の腰に装着する「疑似しっぽ」のような製品はいかがだろうか。人間が尻を振るとトリッキーにぷりぷり動く。

猫は人間のあとを追いまくり、人間もせまい室内でそれなりの運動になるような、そんなオモチャがあったら買います。

あとがき

通して読んでみると、私という人間は、買いものがかなり好きなようだ。

では、「もの」を手に入れることが好きなのか、ゲットできさえすればいいのかというと、そうでもない気がしてくる。

「もの」が好きなのではなくて、「あるものに興味をひかれ、欲しくてたまらなくなって、店を何軒も探し回る」プロセスが好きなのだ、と思う。

移動も含め、その一連の過程が趣味、といっていいのかもしれない。

何軒も探して、悩んで、チョイスして購入したものが、自分で言ってはアレだが「半端な買いもの」だったりするところに、醍醐味がある。

ある種の瞬間的な祭りのようなものなのだが、本文にも書いた「辛くないカレー粉探し祭り」など、最終的にはネットショップに頼ってしまったが、本当におもしろかった。

おそらく、サイクリングや鉄道、徒歩での散歩は好きなのだが、ただ出かけるだけではつまらないので、何か目的が欲しいのだ。

そのモチベーションとして、「欲しいもの祭り」が、立ちあがるのだと思う。

ヒーローや怪獣が好きなので、たまにフィギュアを買いたくなることがある。

琴線に触れる何かがあれば、迷わず購入する。

その手のフィギュアには1万円を超える「高額商品」があり、造型がものすごくデカいとか、関節がよく動いてカッコいいポージングが可能とか、大きいお友達をそそっている。

私は、そっちにはあまりいかない。

私程度のゆるいオタクには分不相応、と思うし、買うとしても、出せる金はギリギリ5000円まで、という自分ルールがある。

「大人買い」だけが、大人の買いものではない。

量販店のオモチャコーナーに並んでいるソフビぐらいまでを守備範囲にするのも、一つの方法だろう。

「比較的安価なところで、満足感を得たい」という考えは、私の買いものの基本であるが、思いっきりの悪さという弱点にもなっている、とは思う。

「もっと株とか買って、大失敗すればおもしろいのに」などと思っておられる方も多いかもしれないが、高価すぎる買いものはビビってしまって楽しめない。

それに、高価なものは、サイクリングや散歩の目的になりづらい。

自転車であちこちの販売店を回って「あった！　この車が欲しかったのだ！」みたいな祭りは、あまり成立しないように思う。

失敗してもそれほど痛くない、ささやかな、「欲しくて欲しくて、いても立ってもいられなくなるもの」を、今後も見つけて、一人祭りをしたい。

買いものに「成功、失敗」は常につきまとうが、失敗＝損、とはかぎらない。

いや、損をしているのかもしれないが、「損」が、なんらかの形で自分を育ててくれることだって、ないわけではないだろう、と思っている。

【初　出】
「FLASH」2017年5月23日号〜2018年9月4日号
「ねこ自身 グルーミング」2018年5月20日発行
●おまけマンガ「買いものちゃん」は描き下ろしました。

解説　吉田戦車の了見

サンキュータツオ
（漫才師『米粒写経』）

2021年になっても、吉田戦車先生は面白い。マンガも面白ければ文章も面白い。これって奇跡的なことだと思うんですけど、みなさんはどうでしょう。

もう少し嚙み砕いて説明してみよう。ギャグ漫画家のギャグ漫画家としての人生って、短いか寡作かっていうイメージがあると思うんですよ。そこに長い連載を支える熱い物語やバトル展開があるわけでもなく、絆を描こうとするとマジになって笑えないから登場人物たちの関係もさっぱりしているし。要素として笑いがあるならまだ青春ラブコメとかもアリだと思うんだけど、それも恥ずかしいから笑いを目的にしている生物、それがギャグ漫画家なんですよね。で、そうなると自然と自分の生活圏での出来事では限界があるから「創る」という作業に入っていく。人によってはチームでアイデア出し合って作ったり、読者投票を参考にして「面白い」を決めてもらう人もいる。とにかく笑いやギャグって核心に迫ったと思ったら離れていく火の鳥みたいな存在なので、考えれば考えるほどなにが面白いのかわからなくなっていくんですよね。そしてわからないと自分に自信がもてなくなる。だから大勢で自信を維持するか、いっそ人に決めてもらうかってことに傾いていくわけです。四コマ漫画やショート漫画に、己の人生すべてを賭けて、そして燃え尽きていく。そういう生き方の美学というかカッコよさもあるわけです。

しかし、まったく別のアプローチとして「自分の世界の見方」を面白くしていくという方法があります。自然に生きているだけで面白い人になる。面白くしよう、笑わせようという気持ちを無にして、思考や表現を出力するだけで、周囲から面白いと思われるような存在。悟りを開いた存在ですわな。解脱《げだつ》です。

五代目柳家小《やなぎやこ》さんという落語家は、「たぬきが出てくる噺《はなし》は、どう演じたらいいんでしょうか」みたいなことを聞かれたときに「たぬきを演《や》るにはたぬきの了見になれ」と応えました。たぬきになったこともないのにたぬきの了見⁉　本気かよ。一見意味がわかりません。でも、その弟子の立川談志も「落語の了見」「与太郎の了見」

という言葉をよく口にしました。そういう文脈でいうと、「かわうそ君の了見」もあれば「つとむの了見」もあるわけです。そしていま吉田戦車先生はギャグ漫画家の了見、いや、「吉田戦車の了見」で生きるというステージに入っているとしか思えません。だって、そうでもないと、これだけ笑わそうという下心を控えて、自然な文体で、ただなににお金を使ったかということだけを綴った文章が、こんなに楽しいわけないんです。全編、力を抜いているけど本気の文章。マジでプライベートな「生活」のなかで感じていることを、自意識を排除して、自己を客観視し、淡々と綴っている。それがそこはかとなくおかしい。それは「吉田戦車の了見」が面白いからなんですよね。それがもっとも顕著なのが、現実の延長線上にあってしかるべきものが「ない」ものを発見する能力。

『伝染《うつ》るんです。』（小学館）の時代からすでに「や」「ゆ」「よ」だけが小さくなるのはおかしいから「す」や「せ」も小さくすることを思いついた、とか出ていたし、『ぷりぷり県』（同）でも信号に「止まれ」「進め」以外に「笑え」もあっていいんじゃないか、といった作品がありました。本書でも全部違うメーカーのラーメン5袋パックがあってもいいじゃないかとか、辛くないカレー粉があっていいじゃないかと

「ない」ものを提案したりしてますよね。「普通の現実」がいかに不安定なものか、先生の作品から常に笑いながら気づかせてもらっています。買うまで、買ってからの心の動きも「吉田戦車の了見」で楽しい。

この了見を保てているから、吉田戦車はずっと面白いわけです。だから2021年でも面白い。これ本当に凄いことです。正直、感動しています。

個人的には夏目漱石、内田百閒《ひやっけん》、井伏鱒二《いぶせますじ》なんかの随筆と比肩して語られるべき文筆家だとも思っています。あと、奥様との関係がとっても素敵！　この距離感が、吉田戦車だなあ。

永遠に描き続け、書き続けてほしいと思っています。

装丁・本文デザイン　西野直樹デザインスタジオ

知恵の森
KOBUNSHA

ごめん買《か》っちゃった
マンガ家《か》の物欲《ぶつよく》

著　者 ― 吉田戦車（よしだ せんしゃ）

2021年　2月20日　初版1刷発行

発行者 ― 鈴木広和
組　版 ― 萩原印刷
印刷所 ― 萩原印刷
製本所 ― ナショナル製本
発行所 ― 株式会社 光文社
東京都文京区音羽1-16-6 〒112-8011
電　話 ― 編集部(03)5395-8282
書籍販売部(03)5395-8116
業務部(03)5395-8125
メール ― chie@kobunsha.com

ISBN978-4-334-78795-0　Printed in Japan

78695-3
tお10-2

岡崎 武志

読書で見つけた
こころに効く「名言・名セリフ」

文庫オリジナル

年間数百冊を読む書評家が、読書で見つけた「生きる勇気をくれる言葉」を厳選。人生の壁にぶつかったとき、心が折れそうになったとき―胸に沁みるユニークなコラム集。

720円

78730-1
tお10-3

岡崎 武志

蔵書の苦しみ

蔵書の山と闘い続けている著者が、煩悶の末に至った蔵書の理想とは?―「本棚は書斎を堕落させる」「血肉化した500冊があればいい」など、本と付き合う知恵が満載。

740円

72789-5
aお6-1

岡本《おかもと》 太郎《たろう》

今日の芸術

時代を創造するものは誰か

「今日の芸術は、うまくあってはならない。きれいであってはならない。ここちよくあってはならない」―時を超えた名著、ついに復刻。（序文・横尾忠則 解説・赤瀬川原平）

560円

78188-0
aお6-2

岡本 太郎

芸術と青春

岡本太郎にとって、青春とは何だったのか。孤絶をおそれることなく、情熱を武器に疾走する、爆発前夜の岡本太郎の姿がここにある。（解説・みうらじゅん）

514円

78356-3
aお6-3

岡本 太郎

日本の伝統

「法隆寺は焼けてけっこう」「古典はその時代のモダンアート」『今日の芸術』の伝統論を具体的に展開した名著、初版本の構成に則って文庫化。（解説・岡本敏子）

640円

78378-5
bお6-1

沖《おき》 幸子《さちこ》

ドイツ流 掃除の賢人

世界一きれい好きな国に学ぶ

文庫書下ろし

心地よい空間を大切にするドイツ人は掃除上手で、部屋はいつも整理整頓が行き届いている。著者が留学中に学んだ「時間も労力もかけないシンプルな掃除術」を紹介する。

640円

70979-2
bお1-1

沖《おき》 正弘《まさひろ》

ヨガの喜び

心も体も、健康になる、美しくなる

(1)頭はいつもスッキリ。(2)動作が敏捷に。(3)スポーツや楽器演奏が抜群に上達する。(4)自信が湧く。(5)美しくやせて、健康に。あなたの生活は驚くほど変わっていく。

600円

78749-3
bお1-2

沖 正弘

目がよくなる本

ヨガで近視は必ず治る

心と体のゆがみやコリが目を悪くする。近視・老眼・斜視・白内障まで、ヨガと禅で治す。日本式ヨガを確立した、草分け的指導者による秘法を一挙公開。『眼がよくなる本』改題。

660円

78633-5
tお9-1

沖田《おきた》 ×華《ばっか》

ニトロちゃん

みんなと違う、発達障害の私

発達障害をもつニトロちゃんは、協調性のない行動から問題児というレッテルを貼られるが…。著者の体験をもとに、苛酷な学校生活を涙と怒りと笑いで描くコミックエッセイ。

571円

78723-3
tお11-1

荻窪《おぎくぼ》 圭《けい》

古地図と地形図で楽しむ　東京の神社

古地図を元に、実は〝神社の宝庫〟といわれる東京の神社の由緒・歴史などを、立地や周りの地形に関する話とともに辿ろうという神社好き、散歩好きには堪えられない一冊。

880円

78769-1
tお16-1

小澤《おざわ》 幹雄《みきお》

やわらかな兄　征爾

実弟だからこそ描けた世界のマエストロの素顔。欧州・音楽武者修行中に家族にあてた「ブザンソン指揮者コンクール優勝を知らせる手紙」ほか、家族だけが知る逸話も多数収録。

800円

78757-8
tお13-1

大人《おとな》の漢字力《かんじりょく》研究会《けんきゅうかい》

読めそうで読めない漢字　書けそうで書けない漢字

文庫書下ろし

普段よく目にしていても、読み間違えやすく書き間違えやすい「漢字の落とし穴」はあらゆるところに…。スマホ時代に必要不可欠な恥ずかしくない「大人の漢字力」を総復習！

620円

78404-1
bか3-1

加島《かじま》 祥造《しょうぞう》

老子と暮らす

知恵と自由のシンプルライフ

心の中に清浄な空気が入り込んでくる老子のダイナミズム。長野の山奥に転居し、老子の思想とともに暮らす82歳の詩人・米文学者・タオイストからの招待。

640円

78598-7
tか7-1

柏井《かしわい》 壽《ひさし》

極みの京都

「京都人は店でおばんざいなど食べない」「『祇園』や『町家』への過剰な幻想は捨てよう」。本当においしい店から寺社巡りまで、京都の旅を成功させるコツを生粋の京都人が伝授。

680円

78670-0
tか7-2

柏井 壽

おひとり京都の春めぐり

知られざる桜の名所から、意外なグルメまで。生粋の京都人にして、旅の達人である著者が、四季折々の京歩きの魅力を案内するシリーズ第一弾。『ふらり 京都の春』改題。

680円

78675-5
tか7-3

柏井 壽

おひとり京都の夏涼み

涼しい山中の寺院めぐり、この時季ならではの川床の愉しみ方、二大美味・鮎と鱧の味わい…。京都通にも意外な発見が満載のシリーズ第二弾。『京都 夏の極めつき』改題。

620円

78680-9
tか7-4

柏井 壽

おひとり京都の秋さがし

京都が最も賑わいを見せる秋こそ、一人で旅したい。落葉を踏みしめながらの古寺巡り、隠れ紅葉さがし、そして秋の味覚。好評シリーズの第三弾。『おひとり京都の秋』改題。

640円

78686-1
tか7-5

柏井 壽

おひとり京都 冬のぬくもり

寒さ厳しい京都の冬。だからこそ、旬の味覚で心の底から温まる。そして憧れの名旅館で至福の眠りー。好評の京都案内シリーズ、充実の完結編。『京都 冬のぬくもり』改題。

640円

78737-0
tか7-6

柏井　壽

日本百名宿

温泉宿あり、便利な街中ホテルあり、食事が自慢のオーベルジュあり。北海道から沖縄まで、一年を通して全国の宿を泊まり歩く著者が繰り返し通う、〝癒やしの宿〟100選。

880円

78787-5
tか12-1

春日《かすが》　太一《たいち》

時代劇ベスト100＋50

日本の時代劇を知り尽くした著者が、戦後の映画、テレビドラマから厳選した150作品を紹介。興味を持ち始めた人に入り口となる1本が必ず見つかる時代劇ガイドの決定版。

800円

78305-1
bか2-1

加東《かとう》　大介《だいすけ》

南の島に雪が降る

昭和十八年、俳優・加東大介は召集を受け、ニューギニアへ向かった。島の兵士で劇団を作り熱帯の〝舞台〟に雪を降らせ、兵士たちに故国を見せた感動の一作。（解説・保阪正康）

780円

78756-1
tか11-1

加藤《かとう》一二三《ひふみ》

自分らしく生きる
一二三の玉手箱

現役時代の思い出、信仰や引退後の心境などを綴った珠玉のエッセイ集。「ザ・加藤一二三伝説」の真相や自身の名局解説も収録。〝ひふみん〟の魅力が詰まった一冊！

860円

78748-6
tか10-1

鎌田《かまた》　實《みのる》

新版　へこたれない

「でも…ぼくら人間は時々へこたれる　それが人間　それでいいんだ」（本文より）。医師として、国内外で精力的に活動する著者による、珠玉のエッセイ集。暖かな涙が、心を洗う。

640円

78744-8
tか9-1

刈部《かりべ》　山本《やまもと》

東京「裏町メシ屋」探訪記

文庫書下ろし

町の生活に根ざした文化の痕跡を路地裏から見て、そこにある店で食事をすると、その土地ならではの空気を感じることができる。町の裏側とそこに根ざしたメシ屋を巡る探訪記。

820円

78714-1
tか3-5

河合《かわい》 敦《あつし》

歴史を変えた18の政変とクーデター
変と乱の日本史
文庫書下ろし

「乙巳の変」から「二・二六事件」まで、歴史を揺るがせた18の政変、クーデターをわかりやすく解説。教科書の定説だけに囚われない、多角的な視点で歴史の舞台裏を描き出す。

820円

78727-1
tか3-6

河合 敦

日本史は逆から学べ
近現代から原始・古代まで「どうしてそうなった?」でさかのぼる
文庫書下ろし

歴史の勉強は、現時点から遡るように学んでいく方が、因果関係がつかみやすく歴史への理解は深まる―その信念の元に、日本史を近現代から古代まで紐解いていく、全く新しい歴史書。

780円

78755-4
tか3-7

河合 敦

日本史は逆から学べ
近現代史集中講義
文庫書下ろし

安倍政権からペリー来航まで、日本の近現代史を「なぜ、どうしてそうなったの?」と因果関係でさかのぼる一冊。「なぜ日本は長期不況に?」…今と密接に結びつく近現代を一気読み。

780円

78784-4
tか3-8

河合 敦

日本史は逆から学べ
江戸・戦国編
文庫書下ろし

なぜ天保の改革は短命で終わった? なぜ家康は関ヶ原合戦で勝てた? 「逆から学べ」シリーズ第3弾は、江戸時代から戦国時代の幕開けまでを、巻き戻しながら読み解く。

760円

78693-9
tき5-1

岸本《きしもと》 丈《じょう》

始めよう。引き寄せ
文庫書下ろし

引き寄せの法則とは「心の奥底から信じていることは、実現する」というもの。人生を変えたい人、望みを叶えたい人、今より幸せになりたい人のための「引き寄せ」入門。

620円

78678-6
tき4-1

君塚《きみづか》 直隆《なおたか》

肖像画で読み解く
イギリス王室の物語

弱小国だったイングランドが大英帝国へと成長し、やがて衰退期を迎えるまで―。歴代の登場人物たちの美しい肖像画を読み解きながら、イギリス王室500年の歴史をたどる。

820円

78776-9
tき6-1

木村《きむら》 泰司《たいじ》

肖像画は語る
美女たちの西洋美術史

肖像画に描かれた麗人たちの華やかな笑顔の裏には何が隠されているのか？ 1枚の絵画にミステリーのように浮かび上がる彼女たちの運命、愛憎と性、悲喜劇を読み解いていく。

1000円

78750-9
tく3-1

車《くるま》 浮代《うきよ》

［カラー版］春画四十八手

「四十八手」がエロティックな意味合いも持つようになった江戸時代初期。本書は、春画のスタイルを作り出した元祖「菱川師宣版」を紹介し、後継者たちの作品に、その影響を探る。

840円

78742-4
tく2-1

黒田《くろだ》 涼《りょう》

近代の名残りを訪ねる7コース
［カラー版］江戸東京の幕末・維新・開化を歩く
文庫書下ろし

江戸・東京の歴史散歩の達人が、東京に数多く残る幕末・維新・開化の現場を紹介し、訪ね歩くコースも披露。自分たちのすぐ近くで維新の重要事件が起きていたことに驚愕するだろう。

920円

78694-6
bく1-2

黒柳《くろやなぎ》 徹子《てつこ》

その後のトットちゃん
徹子さんの美《み》になる言葉

好奇心と笑顔、そして自由な心で、まっすぐ進み続けてきた〝トットちゃん〟こと徹子さん。青春時代の豊富なエピソードを交えながら語る、今を生きる女性たちへのメッセージ。

620円

78347-1
cこ10-3

小泉《こいずみ》 武夫《たけお》

「鋼の胃袋」世界を飛ぶ
地球怪食紀行

ストックホルムで地獄のカンヅメに仰天し、オーストラリアでマグロ焼いて火事騒ぎ、食の冒険家による、世界の食エッセイ。『地球を怪食する』改題。（解説・田尾和俊）

700円

78532-1
aこ2-2

高《こう》 信太郎《しんたろう》

笑っておぼえる韓国語
まんが ハングル入門

お隣の国の言葉を覚えよう！ 基本的な子音から、現地レベルの会話まで、「まんが」だからわかりやすく、笑って自然に覚えられる、日本で一番やさしいハングル入門書。

720円